# 詩詞格律啟蒙

王力　著

# 目錄

# 第一章

## 詩歌的起源及其流變

## 第一節　詩歌起源

詩歌起源之早，是出於一般人想像之外的。有些人以為先有散文，後有韻文。這是最靠不住的說法，因為人類發明了文字之後，已經開化到了相當的程度，當然有了散文同時也就有了韻文；韻文以韻語為基礎，而韻語之產生遠在文字產生之前，這是毫無疑義的。比較值得考慮的問題是：到底人類自從有了語言就有了詩歌呢，抑或詩歌的產生遠在語言的發明之後呢？關於這個問題，我們傾向於相信前一說。若不是詩歌和語言同時產生，至少也不會遲到一個世紀以後。因為詩的情緒是天籟，而韻語也是天籟。試看現代最不開化的民族，連文字也沒有的，也有他們的詩歌。相傳堯帝的時候有一首《康衢歌》[1]：

立我蒸民，莫匪爾極；
不識不知，順帝之則。

又有一首《擊壤歌》（《帝王世紀》）：

日出而作，日入而息；
鑿井而飲，耕田而食。
帝力何有於我哉？

我們當然不相信這兩首詩是堯時的民歌。前者是湊合（《詩經》的）《周頌．思文》的兩句和《大雅．皇矣》的兩句而成

1 《列子．仲尼》篇。

的，且不要管它。後者的風格似乎也在戰國以後；不過，它也不會太晚，因為它用的韻是之部字，以「息」、「食」、「哉」為韻，這種古韻決不是漢以後的人所能偽造的。依我們的猜想，它也許是戰國極亂的時代，仰慕唐、虞盛世的人所假託的。同樣假託的詩還有一首《南風歌》[2]，相傳為帝舜所作：

南風之薰兮，
可以解吾民之慍兮；
南風之時兮，
可以阜吾民之財兮。

我們不必因為它的出典不古，就懷疑到它的本身不古；這種詩歌很可能是口口相傳下來的。試看它以「時」、「財」為韻，這種古韻也決不是漢以後的人所能偽造的（偽造古韻最難，因為直至明末陳第以前，並沒有人意識到古今音韻的不同）。總之，堯、舜時代雖不能有這種風格的詩，卻一定已經有詩歌的存在，假使這堯、舜時代本身存在的話。

至於韻語，它在上古時代的發達，更是後來所不及的。這裏所謂韻語，除了詩歌之外，還包括着格言、俗諺及一切有韻的文章。比如後代的湯頭歌訣和六言告示，它們是韻語，卻不是詩歌。古人著理論的書，有全部用韻語的，例如《老子》、《文子》、《呂氏春秋》、《淮南子》、《法言》等。文告和卜易銘刻等，也摻雜着韻語，例如《尚書》、《易經》和周代的金石文字。許多「嘉言」，是借着有韻而流傳的。例如《孟子．滕文公上》所引放勛（堯）的話：

2 《聖證論》引《尸子》及《家語》。

勞之，來之，

匡之，直之，

輔之，翼之，

使自得之：

又從而振德之。

「來」、「直」、「翼」、「得」、「德」是押韻的。至於格言俗諺之類，就更以有韻為常了。例如：

畏首畏尾，

身其餘幾！[3]

雖有智慧，

不如乘勢；

雖有鎡基，

不如待時。[4]

兵法如《三略》、《六韜》，醫書如《靈樞》、《素問》，都有大部分韻語。這些書雖不是先秦的書，至少是模仿先秦的風格而作的，於此可見韻語在上古是怎樣的佔優勢了。



3 《左傳．文公十七年》。

4 《孟子．公孫丑》。

## 第二節　詩歌及其他韻文的用韻標準

詩歌及其他韻文的用韻標準，大約可分為三個時期，如下：

唐以前為第一期。在此時期中，完全依照口語而押韻。

唐以後，至民國初年為第二期。在此時期中，除了詞曲及俗文學之外，韻文的押韻，必須依照韻書，不能專以口語為標準。

民國初年以後（新文學運動以後）為第三期。在此時期中，除了舊體詩之外，又回到第一期的風氣，完全以口語為標準。

現在先說第一期。

所謂完全依照口語而押韻，自然是以當時的口語為標準。古今語音的不同，是清代以後的音韻學家所公認的。所以我們讀上古的詩歌的時候，必須先假定每字的古音是什麼，然後念起來才覺得韻腳的諧和。例如《詩．秦風》：

兼葭采采，白露未已；
所謂伊人，在水之涘。
溯洄從之，道阻且右；
溯游從之，宛在水中沚。

我們假定「采」字念 tsəg，「已」字念 diəg，「涘」字念 dziəg，「右」字念 giuəg 或 gi̯uəg，「沚」字念 tiəg，然後這首詩才念得和諧。當然，你也可以假定這五個字的古音是 tsai、diai、ziai、giai、tiai，或別的擬音，這在音理上也許差些，但在讀詩的原則上是對的。

漢代用韻較寬。這有兩個可能的理由：第一是押韻只求近似，並不求其十分諧和；第二是偶然模仿古韻，以致古代可押的也押，當代口語可押的也押，韻自然寬了[5]。到了六朝，用韻又漸漸趨向於嚴。這是時代的風氣，和實際口語韻部的多少是沒有關係的。

現在說到第二期。

六朝時代，李登《聲類》、呂靜《韻集》、夏侯該《韻略》一類的書，雖然想作為押韻的標準，因為是私家的著作，沒法子強人以必從。隋陸法言的《切韻》，假使沒有唐代的科舉來抬舉它，也將遭受到《聲類》等書同一的命運。後來《切韻》改稱《唐韻》，可說是成了官書，作為押韻的標準，尤其是今體詩押韻的標準。《切韻》和《唐韻》都共有二百零六個韻，但是，唐朝規定有些韻可以同用，凡同用的兩個或三個韻，做詩的人就把它們當作一個韻看待，所以實際上只有一百一十二個韻。到了宋朝，《唐韻》改稱《廣韻》，其中文韻和欣韻、吻韻和隱韻、問韻和焮韻、物韻和迄韻，都同用了，實際上只剩了一百零八韻。到了元末，索性泯滅了二百零六韻的痕跡，把同用的韻都合併起來，又毫無理由地合併了迥韻和拯韻、徑韻和證韻，於是只剩一百零六個韻。這一百零六個韻就是普通所謂詩韻，一直沿用至今。

唐朝初年（所謂初唐），詩人用韻和六朝一樣，並沒有以韻書為標準。大約從開元、天寶以後，用韻才完全依照了韻書。何以見得呢？比如《唐韻》裏的支、脂、之三個韻雖然注明「同用」，但是初唐的實際語音顯然是脂和之相混，而支韻還有相當的獨立性。所以初唐的詩往往是脂、之同用，

5 《孟子．公孫丑》。

而支獨用（盛唐的杜甫猶然）。又如江韻，在陳、隋時代的實際語音是和陽韻相混了，所以陳、隋的詩人有以江、陽同押的；到了盛唐以後，倒反嚴格起來，江、陽絕對不能相混，這顯然是受了韻書的拘束。其他像元韻和先、仙，山韻和先、仙，在六朝是相通的，開元、天寶以後的今體詩也不許相通了。這一切都表示唐以後的詩歌用韻不復是純任天籟，而是以韻書為準。雖然有人對於這種拘束起來革命，終於敵不過科舉功令的勢力。

詞曲因為不受科舉的拘束，所以用韻另有口語為標準。但是，詞是所謂詩餘，曲又有人稱為詞餘，本文所講的詩法，指的是狹義的詩，並不包括詞法和曲法，所以只好暫時撇開不談了。

末了說到第三期。

新詩求解放，當然首先擺脫了韻書的拘束。但是，這上頭卻引起了方音的問題。從前依據韻書，得了一個武斷的標準，倒也罷了。現在用韻既然以口語為標準，而中國方音又如此複雜，到底該以什麼地方的話為標準呢？大家都會說應該根據國語，但這是不大容易做得到的事。若說是國語區域的人才配做詩，更是笑語。但是現在既然沒有人拿方言做詩，自然用的國語的詞彙，那麼大家自然傾向於拿國音來讀它，這樣就不免有些不大諧和的地方。例如真韻和唐韻，依照西南官話和吳語，是可以同用的，若依國語就不大諧和。屋韻和鐸韻，歌韻和模韻，依照大部分的吳語是可以通用的，若依國語也不諧和。試看下面的一首歌：

咕嚕嚕，咕嚕嚕，半夜起來磨豆腐。

一直磨到大天亮，做成豆腐真辛苦。

吃豆腐，好處多：價錢很便宜，養料又豐富。

用上海話念起來，「嚕」、「腐」、「苦」、「多」、「富」的語音是 lu、vu、ku、tu、fu，自然是很諧和的；若用國語念起來，「多」字念 tuo，就不諧和了。由此看來，除非寫方言的白話詩，否則還應該以一種新詩韻為標準，例如 1941 年教育部所公佈的《中華新韻》。這種新詩韻和舊詩韻的性質並不相同：舊詩韻是武斷的[6]，新詩韻是以現代的北平實際口語為標準的。這樣，才不至於弄成四不像的詩歌。



6　最初也許武斷性很少，宋明後就大大地違反口語了。

# 第二章
## 中國格律詩的傳統和現代格律詩的問題

## 第一節　什麼是格律詩

對於什麼是格律詩，大家的見解可能有分歧，我這裏所談的格律詩是廣義的，自由詩的反面就是格律詩。只要是依照一定的規則寫出來的詩，不管是什麼詩體，都是格律詩。舉例來說，古代的詞和散曲可以認為是格律詩，因為既然要按譜填詞或作曲，那就是不自由的，也就是格律詩的一種。韻腳應該認為是格律詩最基本的東西，有了韻腳，就構成了格律詩；僅有韻腳而沒有其他規則的詩，可以認為是最簡單的格律詩。在西洋，有人以為有韻的詩如果不合音步的規則，應該看成是自由詩（例如法國象徵派詩人的詩）；又有人把那些只合音步規則但是沒有韻腳的詩叫做素詩（歌劇常有此體）。我覺得在討論中國的格律詩的時候，沒有這樣詳細區別的必要。

人們對格律詩容易有一種誤解，以為格律詩既然是有規則的、「不自由」的，一定是詩人們主觀制定的東西。從這一個推理出發，還可以得出結論說，自由詩是原始的詩體，而格律詩則是後起的、不自然的。但是，詩歌發展的歷史和現代各民族詩歌的事實都證明這種見解是錯誤的。

詩是音樂性的語言。可以說遠在文字產生以前，也就產生了詩。勞動人民在休息的時候，吟詩（唱歌）是他們的一種娛樂。節奏是詩的要素，最原始的詩就是具有節奏的。當然，由於時代的不同和民族的不同，詩的節奏是多種多樣的。但是，只要是節奏，就有一種回環的美，即旋律的美，詩的藝術形式，首先表現在這種旋律的美上。相傳帝堯的時代有老人擊壤而歌，擊壤也就是在耕地上打拍子。《書經》說：「詩言志，歌永言，聲依永，律和聲。」大意是說詩是歌唱的，而這種歌唱又是配合着音樂的，樂譜裏的聲音高低是要依照着歌詞的原音的高低的。既然是依詞定譜，這就要求原詩有整齊勻稱的節奏。當然，我們要詳細知道幾千年以前的詩的節奏是困難的，但是上古的詩從開始就有了相當整齊的節奏，那是無可懷疑的。

韻腳是詩的另一要素。可以這樣說：從漢代到「五四」運動以前，中國的詩沒有無韻的。《詩經》的《國風》、《小雅》、《大雅》也都有韻，只有《周頌》裏面有幾章不用韻，也可以認為是上古的自由詩吧。正是由於上古自由詩是那樣的少，戰國時代到「五四」時代又沒有自由詩，可見格律詩是中國詩的傳統。

韻不一定用在句子的最後一個字上。《詩經》中的「江之廣矣，不可泳思；江之永矣，不可方思」，這四句詩的韻是用在倒數第二個字上的。《詩經》裏這樣的例子很不少。《楚辭》也有相似的情況。到了後代，在詞裏也偶然還有這種押韻法。

中古以後，平仄和四聲的規則，成為中國詩的格律的重要構成部分。平仄和四聲也不是詩人們製造出來的，而是人民的語言裏本來存在着的。古人說沈約「發明」四聲，那是和事實不符的。沈約、周顒等人意識到當時的漢語存在着四種聲調，沈約並且寫了一部《四聲譜》。但是，平仄的格律也並不是沈約一個人所能規定的。直到唐代有了律詩，才有了嚴格的平仄規則。沈約自己的詩裏面並沒有按照律詩的平仄。從第五世紀到第八世紀，經過三百年的詩人們的長期摸索，才積累了足夠的經驗，形成了完備的律詩。從第五世紀中葉到第七世紀初期，大約一百五十年中間，是從古詩到律詩的過渡時期。這個時期的詩叫做「齊梁體」。齊梁體已經具備了律詩的雛形，但是句子的數目還不一定，平仄也還沒有十分固定，特別是上下句的平仄關係（專門術語叫做「對」和「粘」）還沒有標準。初唐的時候，律詩逐漸形成，但是格律還不太嚴。景龍年間（八世紀初期），律詩才算成了定式。但是，即使在盛唐時代，各個詩人也還不一致。王維比杜甫早不了許多，但是王維的律詩的格律就比杜甫寬些。這一個歷史事實證明了一個最重要的原理：詩的格律是歷代詩人們藝術經驗的總結。詩律不是任何個人的創造，而是藝術的積累。這樣的格律才能使社會樂於接受，這樣的格律才能使詩具有真正的形式的美，即聲調的美。

依照律詩的平仄而且用平韻的絕句，是律詩產生以後才產生的。在此以前，雖然也有五言四句的詩，但是沒有依照律詩的平仄。特別是七言絕句，更顯得是律詩以後的產物。因為鮑照以前的七言詩都是句句押韻的，而絕句則是第三句不押韻，像律詩的第三、五句或第七句。關於絕句的歷史，詩論家們意見很不一致，有人把它分為古絕、律絕二種。古絕是不依照律詩的平仄的。

律詩以後，平仄的因素在中國詩的格律上佔着非常重要的地位。甚至號稱「古風」的詩有些也是用絕句湊成的，所謂元和體就是這一種。詞用的是長短句，和字數勻稱的律詩大不相同了，但是大多數的五字句和七字句都用的是律句（平仄和律詩的句子一樣），甚至三字句和四字句也往往用的是七言律句的一半。詞學家們認為詞的平仄比詩更嚴，因為詩句可以「一三五不論」（第一、三、五字平仄不拘），而詞往往三五不能不論；詩的拗句（例如五言句第三、四字的平仄互換）只是有時用來代替正句的，而詞則有些規定用拗句的地方不能用正句。有些詞句的平仄是和律句不同的，但也要照填，不能改變。散曲除襯字外，也要和詞一樣講究平仄。仄聲包括上、去、入三聲，在詩句裏規定仄聲的地方可以任意選用這三聲；至於詞曲的某些場合就不同了，該用去聲的不能用上，該用上聲的不能用去。周德清和萬樹等人都講過這個道理。這也不能說是「作繭自縛」，詞曲是為了給人歌唱的，要使每一個字的聲調高低和曲譜配得上，平仄就不得不嚴。

曲的產生，在中國格律詩的歷史上算是一次革命。語言是發展的，漢語由唐代到宋代（從七世紀到十三世紀）已經五六百年，語言已經發生了很大的變化，律詩所依據的韻類和平仄已經和口語發生分歧了。舉例來說，北方話的「車」、「遮」和「家」、「麻」已經不是同韻的字，入聲已經轉為平、上、去聲。部分上聲也已經轉為去聲，這些都在北曲中得到了反映。但是，這種革命只是改變了不適應時代的韻腳和平仄，至於中國詩的格律，則還沒有發生大的變化。曲中的雜劇由於構成戲劇的內容，不可能不以口語為依據。詩詞仍然在士大夫中間流行，仍然運用着不適應時代的韻腳和平仄。

對仗在中國格律詩中也佔着相當重要的地位。律詩規定中間四句用對仗，這是大家都知道的。詞也有規定用對仗的地方。例如《西江月》前後闋頭兩句就必須用對仗。曲雖然比較自由，但是有些地方照例還是非用對仗不可。例如《越調·鬥鵪鶉》頭四句，就是照例要用對仗的。

「五四」運動帶來了中國詩的空前的巨大變革。原來的格律被徹底推翻了，代替它的不是一種新的格律，而是絕對自由的自由詩。這是中國詩的一種進步，是文學史上的一個重要的轉折點，因為當時的中國詩不但內容不能反映時代，連形式也是一千多年以前的舊形式。當時作為詩的正宗的仍然是所謂近體詩，即律詩和絕句，以及所謂古體詩，即古風。

上文說過，這些詩所押的韻腳是以一千多年以前所定的韻類為依據的，這些韻類已經在很大程度上和口語分歧，就律詩和絕句來說，平仄和四聲也和現代語言不相符合。如果說格律詞束縛思想的話，這種舊式格律詩就給詩人們雙重枷鎖。它不但本身帶着許多清規戒律（如平仄粘對），而且人們還不能以當代的語音為標準，差不多每用一個字都要查字典看它是屬於什麼聲調，每押一個韻腳都要查韻書看它是屬於什麼韻類。當然對於老練的秀才、舉人們並不完全是這種情況，但是對於當時的新青年來說，說舊詩的格律是雙重枷鎖，一點兒也不誇大。因此，我們無論提倡或不提倡現代格律詩，都應該肯定「五四」時代推翻舊格律的功績。如果我們現在提倡格律詩，也絕不是回到「五四」以前的老路，不是復古，而是追求新的發展。

## 第二節　技巧與格律

上面敘述了中國格律詩的傳統，目的在於通過歷史的事實來看現代詩的發展前途。我們研究歷史，是為了向前看，不是為了向後看。我們要看清楚現代詩是經過什麼樣的道路形成的，同時也就可以根據這個歷史發展過程，來推斷中國詩將來大概會變成什麼樣子。如果推斷有錯誤，常常是由於缺乏正確的歷史主義觀點。我自己還沒有足夠的馬列主義修養，來保證我的歷史觀點是正確的，因此我所引出的結論就不一定可靠，只是提出來以供參考。

詩歌起源於勞動人民的創造，這是不容懷疑的事實。《詩經》的《國風》不管經過文人怎樣的加工，其中總有一部分是以勞動人民的口頭創作作為基礎的。歷代的詩人比較有成就的，都常常從民間文藝中汲取滋養。有些詩歌的體裁，顯然在最初是來自民間的。例如招子庸的《粵謳》、鄭板橋和徐靈胎的《道情》，都是民間先有了這種東西，然後詩人們來加以提煉和提高。

民歌的起源很古。現在流行的七字句的民歌，可能是起源於所謂竹枝詞。據說竹枝詞是配合着簡單的樂器（「吹短笛擊鼓」），可以是兩句，也可以是四句。後來也有一種經過詩人加工的民歌。劉禹錫、白居易等人都是竹枝詞的能手。萬樹在《詞律》中注意到「白樂天、劉夢得等作本七言絕句」，但又說「平仄可不拘，若唐人拗體絕句者」。其實民歌何嘗是仿照什麼拗體？勞動人民自己創作的民歌常常不受格律的束縛，他們往往只要押韻，而不管平仄粘對的規則。這樣，民歌就成為以絕句形式為基礎的半自由體的詩。我個人認為民歌在格律上並沒有特殊的形式，它也是依照中國詩的傳統，只不過比較自由，比較地不受格律的約束罷了。

我不同意把民歌體和歌謠體區別開來。民歌既然不受拘束，它有很大的靈活性，既不限定於五七言，也不限定於四句（絕句的形式）。這樣，就和歌謠體沒有分別了。

總之，我覺得關於現代格律詩要不要以民歌的格律為基礎的爭論沒有什麼意義，因為我認為民歌沒有特殊的格律。如果說民歌在格律上有什麼特點的話，那麼這個特點就表現在突破格律，而接近於自由詩。

問題在於是否可以由作家來提倡和創造一種新的格律詩。

我想，提倡當然是可以的，特別是在這個「百花齊放、百家爭鳴」的時代。創造呢，那就要看我們怎樣了解這個「創造」。如果說「創造」指的是作家自己獨創的風格，那當然是可以的。如果說，一位作家創造了某種形式，另一些作家也模仿他的形式，那也是很可能的。但是如果說，一位作家創造出一種格律，成為今後的統治形式或支配形式，那就不大可能。中國格律詩的發展歷史告訴我們，作為統治形式或支配形式的律詩和絕句以及後來詞曲中的律句，都不是某一位作家創造出來的，而是群眾的創造，並且是幾百年藝術經驗的總結。假使我們希望由一位作家創造出一種形式，而這種形式又能成為群眾公認的格律，這恐怕只是一種空想。

外國的情況也是這樣。法國佔着支配地位的格律詩是所謂亞歷山大體（十二音詩）。這種形式來源於十二世紀的一部敘事詩《亞歷山大的故事》，這是一位行吟詩人的作品，似乎可以說是他創造了這種詩體。但是我們還不能這樣說。這位行吟詩人只用了整齊的每行十二個音節的格式，這只是亞歷山大體的雛形，正像齊梁體是律詩的雛形一樣。亞歷山大體在節奏上的許多講究，都是後來許多時代的詩人逐漸改進的。在十六世紀以前，亞歷山大體並沒有被人們普遍應用，也就是說它還沒有成為詩人們公認的格律。經過了十六世紀的大詩人杜貝萊（Du Bellay）和雷尼葉（Re'gnier）相繼加以補充，然後格律逐漸嚴密起來，而人們也才普遍應用這種格律。

有些詩人被認為是創造了新的詩體，實際上往往是不受傳統格律的約束，爭取較大的自由或完全的自由。惠特曼所提倡的自由體，那只是對格律的否定，而不是創造什麼新的格律。法國象徵派詩人的自由詩沒有惠特曼那樣自由，他們主要是對傳統的格律進行了一定程度的破壞，而代之以一些新的技巧。值得注意的是，他們的詩的藝術（包括他們所提倡的技巧）只能成為一個派別，他們的自由體並沒有代替了法國傳統的格律而成為統治形式或支配形式。

羅蒙諾索夫被認為是俄國詩律改革者，但是音節—重音的詩體也還不是他一個人發明的，特烈奇雅科夫斯基在他的前面已經開了先河。而特烈奇雅科夫斯基卻又是受了民歌的影響。可見一種新格律的形成，不是一蹴而就的。

我覺得有必要把技巧和格律區別開來。詩人可以在語言形式上，特別是在聲音配合上運用種種技巧，而不必告訴讀者他已經用了這種技巧，更不必作為一種格律來提倡。「摹擬的和諧」的妙用為詩論家們所津津樂道，但是拉辛和雨果自己並沒有指出這種技巧，而只是讓讀者自己去體會它。

上文說過，中國詩自從齊梁體以後，平仄和四聲在格律上佔着非常重要的地位。有人驚嘆地指出，杜審言的五言律詩《早春遊望》每一句都是平、上、去、入四聲俱全（其中有兩句不能四聲俱全，只能具備三聲，那是由於另一規則的限制）。朱彝尊說過：「老杜律詩單句句腳必上、去、入俱全。」我查過杜甫所有的律詩，雖然不能說每一首都是這樣，但是有許多是這樣。杜甫的《詠懷古跡》五首，其中有三首是合於這種情況的；《秦州雜詩》二十首，其中有十六首是合於這種情況的。這絕不會是偶然的。但是，這仍舊不算是格律，因為詩人們並沒有普遍地依照這種形式來寫詩。

當然技巧也有可能變為格律。在齊梁時代，平仄的和諧還只是一種技巧，到了盛唐，這種和諧成為固定的格式，也就變了格律。在律詩初起的時候，格律較寬，也許真像後代所傳的口訣那樣「一三五不論」，但是詩人們實踐的結果，覺得平平仄仄平這種五字句的第一字和仄仄平平仄仄平這一種七字句的第三字是不能不論的，否則平聲字太少了就損害了和諧[1]；除非在五言的第一字和七言的第三字用了仄聲之後，再在五言的第三字和七言的第五字改用平聲以為補救[2]。還有一種情況：五言的平平平仄仄的第一字和七言的仄仄平平平仄仄的第三字本來是不拘平仄的；但是這種句式有一個很常見的變體，在五言是平平仄平仄，在七言是仄仄平平仄平仄，在這種變體中，五言的第一字和七言的第三字就不能不拘平仄，而是必須用平聲。這種地方已經成為一種「不成文法」，凡是「熟讀唐詩三百首」的詩人們都不會弄錯，於是技巧變成了格律，從盛唐到晚清，詩人們都嚴格遵守它了。

所以我覺得現代的作家在提倡格律詩的時候，不必忙於規定某一種格律，最好是先作為一種技巧，把它應用在自己的作品裏。只要這種技巧合於聲律的要求，自然會成為風氣，經過人民群眾的批准而變成為新的格律。也許新的格律詩的形成，並不是直線進行的，而是經過迂回曲折的道路，

1　有一個專門術語叫做「犯孤平」。

2　有一個專門術語叫做「拗救」。

也就是說，集合了幾輩子的詩人的智能，經過了幾番修改和補充，然後新的、完美的格律詩才最後形成了。

## 第三節　關於新格律詩

現在似乎並沒有人反對建立現代格律詩。張光年同志贊成何其芳同志這樣一個意見（《人民日報》1959 年 1 月 29 日）:「詩的內容既然總是飽和着強烈的或者深厚的感情，這就要求着它的形式便利於表現出一種反復回旋、一唱三嘆的抒情氣氛。有一定格律是有助於造成這種氣氛的。」

新的格律詩將來是怎樣形成的呢？這就有分歧的意見了。馮至同志說（《文藝報》1950 年 3 月 10 日）:「目前的詩歌有兩種不同的詩體在並行發展 :自由體和歌謠體……這兩種的不同的詩體或許會漸漸接近，互相影響，有產生一種新形式的可能。」何其芳同志說（《文學評論》1959 年第 1 期）:「我的意見不大相同。我認為民歌和新詩的完全混合是不大好想像的。如果是吸收新詩的某些長處，但仍然保存着民歌體的特點，仍然是以三個字收尾，那它就還是民歌體。如果連民歌體的特點都消失了，那它就是新詩體。如果是民歌體的句法和調子和新詩體的句法和調子相間雜，這樣的詩倒是過去和現在都有的，但那是一種不和諧、不成熟的、雜亂的形式，嚴格講來，不成其為一種詩歌的形式。」我不大明白何其芳同志的意思。馮至同志的話是很靈活的，「接近」和「影響」可以有種種不同的方式。何其芳同志所說的那些不和諧、不成熟的、雜亂的形式，似乎只能說目前兩種詩體還沒有「接近」，不能因此就斷定將來也不可能。但是，馮至同志的話也給人一種印象 :彷彿現在有兩種不同的詩體，將來新形式產生了之後，就不再有民歌體和自由體了。關於這一點，我同意何其芳同志的意見（同上）:「民歌體是會在今後相當長的時期內還要存在的 ;新詩是一定會走向格律化，但不一定都是民歌體的格律，還會有一種新的格律。格律體的新詩以外，自由體的新詩也還會長期存在。」

何其芳同志說（《文學評論》1959 年第 2 期）:「要解決新詩的形式和我國古典詩歌脫節的問題，關鍵就在於建立格律詩。」這句話正確地指出了新格律詩的方向。既然新格律可以解決新詩的形式和我國古典詩歌脫節的問題，似乎也就是使新詩的形式和民歌的形式接近，從而產生新的形式，也就是張光年同志所說的「舊形式、舊格律可以推陳出新成為新形式、新格律」。但是，將來的格律詩不管是什麼樣的格律，它一定不同於自由體，因為自由體是作為格律詩的對立物而存在的。能不能從此就消滅了自由體呢？我看不可能，也不應該。自由體在形式上沒有格律詩的優美（這是就一般情況而說的），但是它的優點是便於抒發感情，沒有任何形式的束縛。如果同一作家既寫格律詩又寫自由詩，正如唐代詩人既寫律詩又寫古風一樣，是沒有什麼奇怪的。能不能消滅民歌體呢？我看也不可能。上文已經說過，民歌本來就是既採用絕句形式而又不受平仄拘束的半自由體，將來無論採用什麼新的格律，民歌總會要求更多的自由，更多地保存中國詩的傳統。現代歐洲既有嚴密的格律詩，也有自由詩和民歌，將來中國詩的情況，我想也會是一樣的。

## 第四節　怎樣建立現代格律詩

怎樣建立現代格律詩，這是一個非常複雜的問題。我是一個不會寫詩的人，我就隨便發表一點意見吧。

首先我覺得，詩的格律是有客觀標準的。它應該具有民族特點和時代特點。每一條規則都不是哪一位詩人主觀想像出來的，而是詩人們根據藝術上的需要建立起來的。例如上文所說的唐詩的平仄規則，似乎很繁瑣，但是目的只有一個，就是要求聲調的平衡。詩人們遵守這個規則，不是服從哪一位權威，而是公認這是合於藝術要求，使詩句增加形式的美。現在我們如果要建立新格律，這就是一個最重要的原則。

其次，新的格律詩應該具有高度的音樂的美，也就是要求在韻律上和節奏上有高度的和諧。從格律的角度看，詩就是聲音的回環。節奏最和諧的散文，也不能和優美的格律詩相比，因為格律詩的節奏和韻律的手段是那麼多樣化，必然使它從形式上區別於散文。音響的巨大作用構成了格律詩的美學的因素。古今中外的大詩人一般都具有極敏銳的音樂耳朵；反過來說，最豐富的想像如果沒有豐富多彩的音響之美伴隨着，也不能不認為是美中不足。這又是一個最重要的原則。

這兩個原則不是平行的，而是互相包涵的。藝術的客觀要求正是要求這個音響之美。大家對於這兩個原則，大概不會有不同的意見。但是當詩人們把這兩個原則具體化了的時候，分歧的意見就會產生了。我對於格律詩怎樣具體化，沒有什麼成熟的意見，談不上主張什麼，反對什麼。我只是願意提出一些問題，促使詩人們注意並考慮。

要建立現代格律詩，民族特點是必須重視的，我們可以先從韻腳的問題談起。什麼地方押韻，什麼地方不押，哪一句跟哪一句押，都和民族的傳統有關。例如越南詩的六八體，單句六個字，雙句八個字，但是雙句第六字和單句第六字押韻。越南著名的敘事詩（韻語小說）《金雲翹》就是這樣押韻的。在我們看來是那樣奇特的格律，在越南詩人看來是那樣和諧，這就是民族傳統在起着作用。「五四」以後，有些新詩是押韻的，但是它們的押韻方法往往是模仿西洋的。最突出的情況是用抱韻（第一句和第四句押韻，第二句和第三句押韻，十四行詩的頭兩段就是這樣）。中國詩可以說是沒有這種押韻的傳統（詞中有抱韻，那是極其個別的）[3]。這樣勉強移植過來的押韻規則，是不會為人民群眾所接受的。其他像隨韻（每兩句一轉韻）和交韻（第一句和第三句押韻，第二句和第四句押韻），雖然和我們的民族形式比較地接近，也還不見得完全合適。《詩經》裏有隨韻也有交韻，但是離開現在已經二千多年了。現在如果兩句一轉韻，中國人會覺得轉得太快了，不夠韻味，至於單句和單句押一個韻，雙句和雙句押另一個韻（交韻），在中國人看來也不自然。依照中國詩的傳統，一般總是雙句押韻，單句不押韻（第一句可押可不押），而且往往是一韻到底，如果要換韻也是《長恨歌》式的，以四句一換韻為主，而摻雜着其他方式，如兩句一換韻、六句一換韻、八句一換韻等。

這並不是說新格律就只應該依照上述的押韻方式，而不可以有所改變。譬如說，句句押韻，這也是中國詩的傳統。

3　孔廣森《詩聲分例》有首尾韻例，也就是抱韻。但是他所舉的《詩經》兩個例子都是靠不住的，至少是不夠典型的。第一個例子是《小雅．車攻》叶「佽調同柴」，「調」與「同」叶是可疑的；第二個例子是《大雅．抑》叶「政酒紹刑」，江有誥以為「政」字非韻，而「王」與「刑」通韻。

齊梁以前的七言詩，是句句押韻的（所謂柏梁體，其實在齊梁以前，七言只有此體）。曹丕、曹植、曹叡的七言詩都是這樣，曹植甚至有兩首六言詩《妾薄命行》也是句句押韻的。宋詞和元曲，句句押韻的也很不少。如果我們同意突破五七言的舊形式，廣泛地運用十一字句或十二字句（下文還要談到），那麼句句押韻更是適合藝術的要求，因為每句的音節多了，隔句押韻就顯得韻太疏了。隔句押韻的五言詩，如果不從意義觀點看，單從格律觀點看，應該算是十言詩。隔句押韻的七言詩也應該算是十四言詩。現在如果我們運用十個字以上造成詩句，不是應該句句押韻嗎？這樣才是更合理地繼承了中國詩的傳統，如果字數增加了一倍，而押韻的情況不變，那麼傳統的繼承只是表面的。

韻腳是格律詩的第一要素，沒有韻腳不能算是格律詩。

格律詩的第二要素是節奏。節奏的問題比韻腳的問題還要複雜得多。平常我們對於節奏往往只有一個模糊的概念。假定詩句中每兩個字一頓，既然每頓的字數均勻，就被認為有了節奏。有時候，每頓的字數並不均勻，有三字一頓的，有兩字一頓的，但是每行的頓數相等，也被認為有節奏。有時候，不但每頓的字數不相等，連每行的字數也不相等，只要有了一些頓，也被認為有節奏。其實頓只表示語音的停頓，它本身不表示節奏，頓的均勻只表示形式的整齊，也不表示節奏。

節奏，從格律詩來說，這是可以較量的語言單位在一定時隙中的有規律的重複。這是最抽象的定義。由於各種語言都有語音體系上的特點，所以詩的節奏在不同的語言中各有它的不同的具體內容。音步就是節奏在各種語言中的具體表現，因此各種語言的詩律學中所謂音步，也就具有不同的涵義。在希臘和拉丁的詩律學裏，長短音相間構成音步。因為這兩種語言的每一個元音，都分為長短兩類。在德語和英語的詩律學裏，輕重音相間構成音步。因為這兩種語言的音節，都有重音和非重音的分別。在法語裏，音步的定義和前面所述的兩種音步大不相同，音步指的是詩行的一個音節，因為法語既不像希臘、拉丁那樣有長短元音的配對，又不像德語和英語那樣具有鮮明突出的重音。俄語的詩律學在十七世紀到十八世紀初期用的是音節體系，也就是法國式；後來特烈奇雅科夫斯基和羅蒙諾索夫等詩人發現法國式的格律並不完全適合俄語的語音特點，法國的重音固定在一個詞的最後音節，俄語的重音沒有固定的位置，因此改為音節—重音體系。這個體系不但使每一詩行的音節相等，同時也使每行重音的數目相等、位置相當。這一切都說明了上文所強調的一個原理：詩的格律不是詩人任意創造出來的，而是根據語言的語音體系的特點，加以規範。

語音有四大要素：(1) 音色；(2) 音長；(3) 音強；(4) 音高。除音色和節奏無關以外，其他三要素都可能和節奏發生關係。而且也只有這三種要素可以構成節奏，其他沒有什麼可以構成節奏的了。法國詩雖然用的是音節體系，也不能不講究重音的位置，例如十二音詩中到第六音節必須是一個重音。十七世紀俄國的音節體系也有同樣的要求。總之，節奏必須是由長短音相間、強弱音相間或者高低音相間來構成。所謂重音和非重音，可能是強音和弱音，可能是高音和低音，又可能是兼而有之。

就中國詩的傳統來說，律絕的格律可能是音節—重音體系，不過和俄語詩律學上的音節—重音體系不同，因為古代漢語的重音和非重音是高低音，而俄語的重音和非重音是強弱音。還有一種可能（我比較地相信這種可能），那就是音節一音長體系。古代平聲大約是長音，仄聲大約是短音，長短相間構成了中國詩的節奏。但是，中國的律句又不同於希臘、拉丁的詩行：希臘、拉丁是一長一短相間或者一長兩短相間，而中國的五言律句則是兩短兩長相間，後面再帶一個短音（仄仄平平仄），或者是中間再插進一個短音（仄仄仄平平），又或者是兩長兩短相間，中間插進一個長音（平平平仄仄），或者是後面再帶一個長音（平平仄仄平）。而且，對句的平仄不是與出句相同的，而是相反的。這是一種很特別的節奏。

現代漢語的聲調系統和各調的實際音高雖然和古代不同了，但是仍然有着聲調的存在。如果說詩的格律應該反映語言的語音體系的特點的話，聲調（平仄四聲）正是漢語語音體系的最大特點，似乎現代格律詩不能不有所反映。齊梁時代沈約等人發現漢語這個特點，逐步建立了新的格律詩（中國的比較嚴密的格律詩，應該認為從盛唐開始），盛唐以後，不但近體詩有了固定的平仄，連古風的平仄也有一定的講究[4]。這樣從語言特點的基礎上建立起來的嚴密的格律應該認為一種進步，大詩人杜甫等也都運用這種格律來寫詩。我們之所以喜歡古典詩歌的聲調鏗鏘，也就是喜歡這種平仄的格律。我們在考慮繼承優良的文學遺產的時候，對於這個一千多年來產生巨大影響的平仄格律，也許還應該同時考慮一下。當然我們不能再用古代的平仄，而應該用現代的平仄。人們對平仄之所以存着神秘觀念，主要是由於律詩所用的平仄和現代漢語裏的聲調系統不符。如果拿現代的平仄作為標

4 見趙執信《聲調譜》。

準，人人都可以很快地學會。特別是漢語拼音方案在全國推行以後，將來小學生也能懂得現代漢語的聲調系統，平仄的概念再也不是神秘的東西了。問題還不在於學習的難易，而在於合理不合理；新的格律必須以現代活生生的口語作為根據，而不能再以死去了的語言作為根據。

假定聲調的交替被考慮作為新格律詩的節奏的話（我只能假定，因為在詩人們沒有試驗以前，不能說任何肯定的話），那就要考慮現代漢語各個聲調的實際調值，因為節奏中所謂高低相間或長短相間（漢語的聲調主要是高低關係，但也有長短關係），必須以口語為標準。以現代漢語而論，我們能不能仍然把聲調分為平仄兩類，即以平聲和非平聲對立起來呢？能不能另分兩類，例如陽平和上聲作一類，陰平和去聲作一類呢？能不能四聲各自獨立成類，互相作和諧的配合呢？這都需要進行深入細緻的科學研究工作，然後可以得出一個結論。最後一個問題（四聲互相配合問題）實際上是一個旋律問題，已經超出了節奏問題之外，但仍然是值得研究的。

我有一個很不成熟的意見。我以為仍然可以把聲調分為平仄兩類，陰平和陽平算是平聲，上聲和去聲算是仄聲（入聲在普通話裏已經轉到別的聲調去了）。從普通話的實際調值來看，陰平和陽平都是高調和長調，上聲和去聲都是低調和短調（去聲可長可短，短的時候較多，上聲全調雖頗長，但多數只念半調）。這樣可以做到高低相間，長短相間。所謂長短相間，不一定是平平仄仄，仄仄平平，也可以考慮兩字一節奏，三字一節奏。形式可以多樣化，但是要求平衡、和諧。因為我的意見太不成熟，所以不打算多談了。

除了聲調作為節奏以外，還可以想像強弱相間作為節奏，類似俄語詩律學裏所謂音節一重音體系。普通話裏有所謂輕音，容易令人向這一方面着想。詩人們似乎不妨做一些嘗試。但是我們對這一方面的困難要有足夠的估計。現代漢語裏只有輕音是分明的，並無所謂重音，許多複音詞既不帶輕音（如「帝國主義」、「無產階級」、「共產黨」、「拖拉機」），也就很難構成強弱相間的節奏。

這並不是說，我們可以不考慮輕重音的問題。相反地，也許輕重音的節奏比高低音的節奏更有前途，因為輕重音在現代漢語的口語裏本來就具有抑揚頓挫的美，在詩歌中，輕重音如果配合得平衡、和諧，必然會形成優美的韻律。剛才我說漢語裏無所謂重音，但是在朗誦詩歌的時候，盡可以結合邏輯的要求，對某些字音加以強調，使它成為重音。不過我仍然認為漢語的輕音與非輕音的區別，和俄語的重音與非重音的區別很不相同。我們恐怕不能要求每一頓都有輕重音相間。我們所應該參考的是：盡可能使各個詩行的位置相對應，至少不要讓輕音和非輕音相對應（特別是在平行的語音停頓上），這樣也就能形成音節的和諧。

是不是可以建議詩人們把這兩種節奏——高低音的節奏和輕重音的節奏——都考慮一下，分頭做一些嘗試？將來哪一種好，就採用哪一種。如果實踐的結果兩種都好，自然可以並存。也許兩種節奏可以結合起來，而不一定是互相排斥的。

方言問題增加了現代格律詩問題的複雜性。詩是給全國人民朗誦的。但是由於全國各地的漢語方言很複雜，甲地吟詠起來非常和諧的一首詩，到了乙地，也許在形式上完全不能引起人們的美感，或者令人覺得還有缺點。有些詩的韻腳，詩人用自己的口語念起來非常和諧，另一些詩人念起來並不十分和諧，這就是方言作祟的緣故。聲調也有同樣的問題。但是最困難的還是輕音問題。關於韻腳和平仄，各地方言雖有分歧，畢竟還有許多共同點。至於作為語音體系的輕音和非輕音的分別，在許多方言裏根本沒有這種東西，這些方言區域的人不但不會運用輕重律，而且也不會欣賞輕重律。這些困難的解決，有待於普通話的推廣。

總之，格律詩離開了聲音的配合是不可以想像的。聲音的配合是有很具體的內容的，空洞地談和諧和節奏，是不能建立起來新的格律詩的。談到聲音的配合，問題很多，其中包括語言不統一的問題。因此，我主張由詩人們從各方面做種種的嘗試，百花齊放，作為技巧來互相競賽，而不忙建立新的格律詩。

## 第五節　時代特點與現代格律詩

要建立現代格律詩，時代特點也是必須重視的。何其芳同志注意到現代漢語裏的雙音詞很多，從而建議在這一個時代特點上考慮一種新的格律，他這個觀點是完全正確的。對於何其芳同志的看法，有兩種不同的意見：一種意見以為現代的單音詞仍然很多，另一種意見以為古代的雙音詞也很多。多少當然只是相對的說法，古今比較，今多於古就應該算是多。的確，現代單音詞還是不少的，特別是存在着大量的單音動詞，但是「五四」運動以後，雙音詞大量增加是事實，這種情況還將繼續下去。至於古代，自然不能說沒有雙音詞，但是畢竟比現代少得多。唐弢同志引《文心雕龍．麗辭》篇來證明古代也有許多雙音詞，那是一種誤會。《文心雕龍》所謂「麗辭」，只是指駢偶來說的，也就是指駢體文中雙句平行的情況，不是指的雙音詞。

何其芳同志說（《關於現代格律詩》）：「文言中一個字的詞最多……現在的口語卻是兩個字以上的詞最多。要用兩個字、三個字以至四個字的詞來寫五七言詩，並且每句收尾又要以一字為一頓，那必然會寫起來很彆扭，而且一行詩所能表現的內容也極其有限了。」他這一段話有兩個意思：第一是現代詩應該突破五七言的字數限制；第二是現代詩應該改為基本上以兩字頓收尾（這是參看他的下文得出來的）。何其芳同志似乎比較着重在說明第二個意思，我在這裏想補充他的第一個意思。

一個很簡單的算術。假定一個詞代表一個概念（當然複雜概念不只是一個詞，而虛詞又不表示一般的概念），那麼古代七個字能代表七個概念，現代七個字只能代表四個概念

（假定其中有一個單音詞）；古代五個字能代表五個概念，現代五個字就只能代表三個概念。何其芳同志所謂「一行詩所能表現的內容也極其有限了」，我想就是指的這個意思。中國古代的詞就有八字句、九字句、十字句和十一字句。詩中的古風也有超過七字的句子，現在我們突破五七言，也不算違反了中國詩的傳統。不過也要注意一件事實：在古代詩詞中，奇數音節的句子是佔優勢的。律詩中只有五七言，這是大家所知道的（偶然有所謂六言律，只是聊備一格）。詞中所謂八字句往往只是上三下五（更那堪——冷落清秋節）或上一下七（況——蘭堂逢着壽筵開），而十字句則是非常少見的。根據現代雙音詞大量產生的特點，這種情況會大大改變。將來佔優勢的詩句，可能不再是奇數音節句，而是偶數音節句，即八字句、十字句和十二字句，至少可以說，偶數音節句和奇數音節句可以並駕齊驅。

何其芳同志注意到三字尾，是五七言詩句的特點，這也是事實。本來，最常見的五言詩句是上二下三，最常見的七言詩句是上四下三，所以三字尾是奇數音節的自然結果。如果突破奇數音節，同時也就很容易突破三字尾的限制。何其芳同志說「每行的收尾應該基本上是兩個字的詞」，這個意思不容易懂，因為三字尾也可能以兩個字的詞或詞組收尾（如杜甫的「江上小樓巢翡翠，苑邊高塚臥麒麟」）。我想，如果在字數上突破了五七言，雙字尾和四字尾自然會大量增加；但是三字尾和一字頓收尾似乎也不必着意避免。何其芳同志說了一個「基本上」，會不會令人了解為盡可能做到的意思呢？

由於現代詩以口語為主，詞尾的大量應用也突出了時代的特點。詞尾（「了」、「着」、「的」等）一般是念輕音的，它們進入句子以後，不但容易使詩句的字數增加，而且詩人還要考慮它們對節奏的影響。如果詩句中沒有輕音字，每行字數的勻稱可以增加整齊的美。豆腐乾式並不都是可笑的，七言律詩如果分行寫，不也是豆腐乾式嗎？如果輕重相間是有節奏的，詩行和詩行之間運用同一的格律，例如俄語的音節一重音體系，那麼每行音節相等正是應該的。不過因為俄文是拼音文字，每行音節數目雖然相同，寫起來字母數目並不相同，所以不顯得是豆腐乾式。漢語方塊字每一個方塊代表一個音節，所以造成豆腐乾。將來漢語改用拼音文字，也就不會再是豆腐乾了。但是有一種豆腐乾式的新詩的確是可笑的，因為作者只知道湊足字數，輕音字和非輕音字一視同仁，例如第一句十個字當中沒有一個輕音字，第二句十個字當中有三個或四個輕音字，這樣在表面上雖然是勻稱的，實際上是最不勻稱的。輕音字不但念得輕，而且念得短，怎能和重讀的字等量齊觀呢？總之，現代格律詩和現代語法的關係是非常密切的。當我們研究現代格律詩的時候，應該注意到現代語法的一些特點。詞尾、雙音詞的第二成分（如果是輕音）以及語氣詞等，都是應該給予特殊待遇的。

我的總的意見是：要建立現代格律詩，必須從歷史發展看問題。重視中國詩的傳統也就是重視格律詩的民族特點。這是歷史發展問題的一方面。但是，我們不能墨守成規，語言發展了，現代格律詩也不能不跟着發展，所以我們要重視格律詩的時代特點。這是歷史發展問題的另一方面。可以肯定地說，現代格律詩應該是從中國的傳統的基礎上，結合時代特點建立起來的。至於怎樣實現這一個原則，這就要求更深入的研究和討論了。

# 第三章

## 關於詩詞格律的一些概念

## 第一節　韻

韻是詩詞格律的基本要素之一。詩人在詩詞中用韻，叫做押韻。從《詩經》到後代的詩詞，差不多沒有不押韻的。民歌也沒有不押韻的。在北方戲曲中，韻又叫轍，押韻叫合轍。

一首詩有沒有韻，是一般人都覺察得出來的。至於要說明什麼是韻，那卻不太簡單。但是，今天我們有了漢語拼音字母，對於韻的概念還是容易說明的。

詩詞中所謂韻，大致等於漢語拼音中所謂韻母。大家知道，一個漢字用拼音字母拼起來，一般都有聲母，有韻母。例如「公」字拼成 gōng，其中 g 是聲母，ong 是韻母。聲母總是在前面的，韻母總是在後面的。我們再看「東」dōng，「同」tóng，「隆」lóng，「宗」zōng，「聰」cōng 等，它們的韻母都是 ong，所以它們是同韻字。

凡是同韻的字都可以押韻。所謂押韻，就是把同韻的兩個或更多的字放在同一位置上。一般總是把韻放在句尾，所以又叫「韻腳」。試看下面的一個例子：

### 書湖陰先生壁

［宋］王安石

茅檐常掃淨無苔（tái），
花木成蹊手自栽（zāi）。
一水護田將綠繞，
兩山排闥送青來（lái）[1]。

1　△號表示韻腳。下同。

這裏「苔」、「栽」和「來」押韻，因為它們的韻母都是 ai。「繞」字不押韻，因為「繞」字拼起來是 rào，它的韻母是 ao，跟「苔」、「栽」、「來」不是同韻字。依照詩律，像這樣的四句詩，第三句是不押韻的。

在拼音中，a、e、o 的前面可能還有 i，u，ü，如 ia，ua，uai，iao，ian，uan，üan，iang，uang，ie，üe，iong，ueng 等，這種 i，u，ü 叫做韻頭，不同韻頭的字也算是同韻字，也可以押韻。例如：

### 四時田園雜興

［宋］范成大

晝出耘田夜績麻（má），
村莊兒女各當家（jiā）。
童孫未解供耕織，
也傍桑陰學種瓜（guā）。

「麻」、「家」、「瓜」的韻母是 a，ia，ua，韻母雖不完全相同，但它們是同韻字，押起韻來是同樣諧和的。

押韻的目的是為了聲韻的諧和。同類的樂音在同一位置上的重複，這就構成了聲音回環的美。

但是，為什麼當我們讀古人的詩的時候，常常覺得它們的韻並不十分諧和，甚至很不諧和呢？這是因為時代不同的緣故。語言發展了，語音起了變化，我們拿現代的語音去讀它們，自然不能完全適合了。例如：

## 山行

［唐］杜牧

遠上寒山石徑斜（xié），
白雲深處有人家（jiā）。
停車坐愛楓林晚，
霜葉紅於二月花（huā）。

xié 和 jiā，huā 不是同韻字，但是，唐代「斜」字讀 siá（s 讀濁音），和現代上海「斜」字的讀音一樣。因此，在當時是諧和的。又如：

## 江南曲

［唐］李益

嫁得瞿塘賈，
朝朝誤妾期（qī）。
早知潮有信，
嫁與弄潮兒（ér）。

在這首詩裏，「期」和「兒」是押韻的；按今天普通話去讀，qī 和 ér 就不能算押韻了。如果按照上海的白話音念「兒」字，念如 ní 音（這個音正是接近古音的），那就諧和了。今天我們當然不可能（也不必要）按照古音去讀古人的詩，不過我們應該明白這個道理，才不至於懷疑古人所押的韻是不諧和的。

古人押韻是依照韻書的。古人所謂「官韻」，就是朝廷頒佈的韻書。這種韻書，在唐代，和口語還是基本上一致的；

依照韻書押韻，也是比較合理的。宋代以後，語音變化較大，詩人們仍舊依照韻書來押韻，那就變為不合理的了。今天我們如果寫舊詩，自然不一定要依照韻書來押韻。不過，當我們讀古人的詩的時候，卻又應該知道古人的詩韻。在第四章裏，我們還要回到這個問題上來講。

## 第二節　四聲

四聲，這裏指的是古代漢語的四種聲調。我們要知道四聲，必須先知道聲調是怎樣構成的。所以這裏先從聲調談起。

聲調，這是漢語（以及某些其他語言）的特點。語音的高低、升降、長短構成了漢語的聲調，而高低、升降則是主要的因素。拿普通話的聲調來說，共有四個聲調：陰平聲是一個高平調（不升不降叫平），陽平聲是一個中升調（不高不低叫中），上聲是一個低升調（有時是低平調），去聲是一個高降調。

古代漢語也有四個聲調，但是和今天普通話的聲調種類不完全一樣。古代的四聲是：

（1）平聲。這個聲調到後代分化為陰平和陽平。

（2）上聲。這個聲調到後代有一部分變為去聲。

（3）去聲。這個聲調到後代仍是去聲。

（4）入聲。這個聲調是一個短促的調子。現代江浙、福建、廣東、廣西、江西等處都還保存着入聲。北方也有不少地方（如山西、內蒙古）保存着入聲。湖南的入聲不是短促的了，但也保存着入聲這一個調類。北方的大部分和西南的大部分的口語裏，入聲已經消失了。北方的入聲字，有的變為陰平，有的變為陽平，有的變為上聲，有的變為去聲。就普通話來說，入聲字變為去聲的最多，其次是陽平，變為上聲的最少。西南方言（從湖北到雲南）的入聲字，一律變成了陽平。

古代的四聲高低升降的形狀是怎樣的，現在不能詳細知道了。依照傳統的說法，平聲應該是一個中平調，上聲應該是一個升調，去聲應該是一個降調，入聲應該是一個短調。

《康熙字典》前面載有一首歌訣，名為《分四聲法》：

平聲平道莫低昂，
上聲高呼猛烈強，
去聲分明哀遠道，
入聲短促急收藏。

這種敘述是不夠科學的，但是它也讓我們知道了古代四聲的大概。

四聲和韻的關係是很密切的。在韻書中，不同聲調的字不能算是同韻。在詩詞中，不同聲調的字一般不能押韻。

什麼字歸什麼聲調，在韻書中是很清楚的。在今天還保存着入聲的漢語方言裏，某字屬某聲也還相當清楚。我們特別應該注意的是一字兩讀的情況。有時候，一個字有兩種意義（往往詞性也不同），同時也有兩種讀音。例如「為」字，用作動詞的時候解作「做」，就讀平聲（陽平）；用作介詞的時候解作「因為」、「為了」，就讀去聲。在古代漢語裏，這種情況比現代漢語多得多。現在試舉一些例子：

騎：平聲，動詞，騎馬；去聲，名詞，騎兵。
思：平聲，動詞，思念；去聲，名詞，思想，情懷。
譽：平聲，動詞，稱讚；去聲，名詞，名譽。
污：平聲，形容詞，污穢；去聲，動詞，弄髒。
數：上聲，動詞，計算；去聲，名詞，數目，命運；
　　入聲（讀如朔），形容詞，頻繁。
教：去聲，名詞，教化，教育；平聲，動詞，使，讓。
令：去聲，名詞，命令；平聲，動詞，使，讓。

禁：去聲，名詞，禁令，宮禁；平聲，動詞，堪，經得起。

殺：入聲，及物動詞，殺戮；去聲（讀如曬），不及物動詞，衰落。

有些字，本來是讀平聲的，後來變為去聲，但是意義、詞性都不變。「望」、「嘆」、「看」都屬於這一類。「望」和「嘆」在唐詩中已經有讀去聲的了，「看」字直到近代律詩中，往往也還讀平聲（讀如刊）。在現代漢語裏，除「看守」的「看」讀平聲以外，「看」字總是讀去聲了。也有比較複雜的情況，如「過」字用作動詞時有平、去兩讀，至於用作名詞，解作過失時，就只有去聲一讀了。

辨別四聲，是辨別平仄的基礎。下一節我們就討論平仄問題。

## 第三節　平仄





知道了什麼是四聲，平仄就好懂了。平仄是詩詞格律的一個術語：詩人們把四聲分為平仄兩大類，平就是平聲，仄就是上去入三聲。仄，按字義解釋，就是不平的意思。

憑什麼來分平仄兩大類呢？因為平聲是沒有升降的，較長的，而其他三聲是有升降的（入聲也可能是微升或微降），較短的，這樣，它們就形成了兩大類型。如果讓這兩類聲調在詩詞中交錯着，那就能使聲調多樣化，而不至於單調。古人所謂「聲調鏗鏘」[2]，雖然有許多講究，但是平仄諧和也是其中的一個重要因素。

平仄在詩詞中又是怎樣交錯着的呢？我們可以概括為兩句話：

（1）平仄在本句中是交替的；

（2）平仄在對句中是對立的。

這種平仄規則在律詩中表現得特別明顯。

例如毛主席《長征》詩的第五、六兩句：

金沙水拍雲崖暖，

大渡橋橫鐵索寒。

這兩句詩的平仄是：

2　鏗鏘：音 kēng qiāng，樂器聲，指宮商協調。

平平｜仄仄｜平平｜仄，

仄仄｜平平｜仄仄｜平。

就本句來說，每兩個字一個節奏。平起句平平後面跟着的是仄仄，仄仄後面跟着的是平平，最後一個又是仄。仄起句仄仄後面跟着的是平平，平平後面跟着的是仄仄，最後一個又是平。這就是交替。就對句來說，「金沙」對「大渡」，是平平對仄仄，「水拍」對「橋橫」，是仄仄對平平，「雲崖」對「鐵索」，是平平對仄仄，「暖」對「寒」，是仄對平。這就是對立。

關於詩詞的平仄規則，下文還要詳細討論。現在先談一談我們怎樣辨別平仄。

如果你的方言裏是有入聲的（譬如說，你是江浙人或山西人、湖南人、華南人），那麼問題就很容易解決。在那些有入聲的方言裏，聲調不止四個，不但平聲分陰陽，連上聲、去聲、入聲，往往也都分陰陽。像廣州入聲還分為三類。這都好辦：只消把它們合併起來就是了。例如把陰平、陽平合併為平聲，把陰上、陽上、陰去、陽去、陰入、陽入合併為仄聲，就是了。問題在於你要先弄清楚自己方言裏有幾個聲調。這就要找一位懂得聲調的朋友幫助一下。如果你在語文課上已經學過本地聲調和普通話聲調的對應規律，已經弄清楚了自己方言裏的聲調，就更好了。

如果你是湖北、四川、雲南、貴州和廣西北部的人，那麼入聲字在你的方言裏都歸了陽平。這樣，遇到陽平字就應該特別注意，其中有一部分在古代是屬於入聲字的。至於哪些字屬入聲，哪些字屬陽平，就只好查字典或韻書了。

如果你是北方人，那麼辨別平仄的方法又跟湖北等處稍有不同。古代入聲字既然在普通話裏多數變了去聲，去聲也是仄聲；又有一部分變了上聲，上聲也是仄聲。因此，由入變去和由入變上的字，都不妨礙我們辨別平仄；只有由入變平（陰平、陽平）才造成了辨別平仄的困難。我們遇着詩律上規定用仄聲的地方，而詩人用了一個在今天讀來是平聲的字，引起了我們的懷疑，可以查字典或韻書來解決。

注意，凡韻尾是 -n 或 -ng 的字，不會是入聲字。如果就湖北、四川、雲南、貴州和廣西北部來說，ai，ei，ao，ou 等韻基本上也沒有入聲字。

總之，入聲問題是辨別平仄的唯一障礙。這個障礙是查字典或韻書才能消除的；但是，平仄的道理是很好懂的。而且，中國大約還有一半的地方是保留着入聲的，在那些地方的人們，辨別平仄更是沒有問題了。

## 第四節　對仗

詩詞中的對偶，叫做對仗。古代的儀仗隊是兩兩相對的，這是「對仗」這個術語的來歷。

對偶又是什麼呢？對偶就是把同類的概念或對立的概念並列起來。例如「抗美援朝」，「抗美」與「援朝」形成對偶。對偶可以句中自對，又可以兩句相對。例如「抗美援朝」是句中自對，「抗美援朝，保家衛國」是兩句相對。一般講對偶，指的是兩句相對。上句叫出句，下句叫對句。

對偶的一般規則，是名詞對名詞，動詞對動詞，形容詞對形容詞，副詞對副詞。仍以「抗美援朝，保家衛國」為例，「抗」、「援」、「保」、「衛」都是動詞相對，「美」、「朝」、「家」、「國」都是名詞相對。實際上，名詞還可以細分為若干類，同類名詞相對被認為是工整的對偶，簡稱「工對」。這裏「美」與「朝」都是專名，而且都是簡稱，所以是工對；「家」與「國」都是人的集體，所以也是工對。「保家衛國」對「抗美援朝」也算工對，因為句中自對工整了，兩句相對就不要求同樣工整了。

對偶是一種修辭手段，它的作用是形成整齊的美。漢語的特點特別適宜於對偶，因為漢語單音詞較多，即使是複音詞，其中的詞素也有相當的獨立性，容易造成對偶。對偶既然是修辭手段，那麼，散文與詩都用得着它。例如《易經》說：「同聲相應，同氣相求。」（《易．乾．文言》）《詩經》說：「昔我往矣，楊柳依依；今我來思，雨雪霏霏。」（《小雅．采薇》）這些對仗都是適應修辭的需要的。但是，律詩中的對仗還有它的規則，而不是像《詩經》那樣隨便的。這個規則是：

(1) 出句和對句的平仄是相對立的；

(2) 出句的字和對句的字不能重複[3]。

因此，像上面所舉《易經》和《詩經》的例子，還不合於律詩對仗的標準。上面所舉毛主席《長征》詩中的兩句：「金沙水拍雲崖暖，大渡橋橫鐵索寒」，才是合於律詩對仗的標準的。

對聯（對子）是從律詩演化出來的，所以也要適合上述的兩個標準。例如毛主席在《改造我們的學習》中，所舉的一副對子：

牆上蘆葦，頭重腳輕根底淺；
山間竹筍，嘴尖皮厚腹中空。

這裏上聯（出句）的字和下聯（對句）的字不相重複，而它們的平仄則是相對立的：

㊀仄平平，㊀仄㊁平平仄仄；
㊁平㊀仄，㊁平㊀仄仄平平[4]。

就修辭方面說，這副對子也是對得很工整的。「牆上」是名詞帶方位詞，所對的「山間」也是名詞帶方位詞。「根底」是名詞帶方位詞[5]，所對的「腹中」也是名詞帶方位詞。「頭」對

3 至少是同一位置上不能重複。例如「昔我往矣，楊柳依依；今我來思，雨雪霏霏」，出句第二字和對句第二字都是「我」字，那就是同一位置上的重複。

4 字外有圓圈的，表示可平可仄。

5 根底：原作「根柢」，是平行結構。寫作「根底」仍是平行結構。我們說是名詞帶方位詞，是因為這裏確是利用了「底」也可以作方位詞這一事實來構成對仗的。

「嘴」、「腳」對「皮」，都是名詞對名詞。「重」對「尖」、「輕」對「厚」，都是形容詞對形容詞。「頭重」對「腳輕」、「嘴尖」對「皮厚」，都是句中自對。這樣句中自對而又兩句相對，更顯得特別工整了。

關於詩詞的對仗，下文還要詳細討論，現在先談到這裏。

# 第四章

## 詩韻

## 第一節　平水韻

現存最早的一部詩韻是《廣韻》。《廣韻》的前身是《唐韻》，《唐韻》的前身是《切韻》。《廣韻》共有二百零六韻，《唐韻》、《切韻》應該也是二百零六韻[1]。韻分得太細，寫詩很受拘束。唐初許敬宗等奏議，把二百零六韻中鄰近的韻合併來用。宋淳祐年間，江北平水人劉淵著《壬子新刊禮部韻略》，合併二百零六韻為一百零七韻。清代改稱平水韻為佩文詩韻，又合併為一百零六韻。因為平水韻是根據唐初許敬宗奏議合併的韻，所以，唐人用韻，實際上用的是平水韻。

平水韻一百零六韻如下：

**上平聲**[2]

| | | | |
|---|---|---|---|
| 一東 | 二冬 | 三江 | 四支 |
| 五微 | 六魚 | 七虞 | 八齊 |
| 九佳 | 十灰 | 十一真 | 十二文 |
| 十三元 | 十四寒 | 十五刪 | |

**下平聲**

| | | | |
|---|---|---|---|
| 一先 | 二蕭 | 三肴 | 四豪 |
| 五歌 | 六麻 | 七陽 | 八庚 |
| 九青 | 十蒸 | 十一尤 | 十二侵 |
| 十三覃 | 十四鹽 | 十五咸 | |

1　今人考證，《切韻》原來只有一百九十三韻。

2　平聲字多，分為兩卷。「上平聲」是平聲上卷的意思，「下平聲」是平聲下卷的意思。

## 上聲

| | | | |
|---|---|---|---|
| 一董 | 二腫 | 三講 | 四紙 |
| 五尾 | 六語 | 七麌 | 八薺 |
| 九蟹 | 十賄 | 十一軫 | 十二吻 |
| 十三阮 | 十四旱 | 十五潸 | 十六銑 |
| 十七篠 | 十八巧 | 十九皓 | 二十哿 |
| 二十一馬 | 二十二養 | 二十三梗 | 二十四迥 |
| 二十五有 | 二十六寢 | 二十七感 | 二十八琰 |
| 二十九豏 | | | |

## 去聲

| | | | |
|---|---|---|---|
| 一送 | 二宋 | 三絳 | 四寘 |
| 五未 | 六御 | 七遇 | 八霽 |
| 九泰 | 十卦 | 十一隊 | 十二震 |
| 十三問 | 十四願 | 十五翰 | 十六諫 |
| 十七霰 | 十八嘯 | 十九效 | 二十號 |
| 二十一箇 | 二十二禡 | 二十三漾 | 二十四敬 |
| 二十五徑 | 二十六宥 | 二十七沁 | 二十八勘 |
| 二十九豔 | 三十陷 | | |

## 入聲

| | | | |
|---|---|---|---|
| 一屋 | 二沃 | 三覺 | 四質 |
| 五物 | 六月 | 七曷 | 八黠 |
| 九屑 | 十藥 | 十一陌 | 十二錫 |
| 十三職 | 十四緝 | 十五合 | 十六葉 |
| 十七洽 | | | |

## 第二節　今體詩的用韻

今體詩（律詩、絕句）用韻都依照平水韻，而且限用平聲韻。例如：

### 月夜憶舍弟

［唐］杜甫

戍鼓斷人行，邊秋一雁聲[3]。
露從今夜白，月是故鄉明。
有弟皆分散，無家問死生。
寄書長不達，況乃未休兵！

（八庚）

### 湘靈鼓瑟

［唐］錢起

善鼓雲和瑟，常聞帝子靈。
馮夷空自舞，楚客不堪聽。
苦調淒金石，清音入杳冥。
蒼梧來怨慕，白芷動芳馨。
流水傳湘浦，悲風過洞庭。
曲終人不見，江上數峰青。

（九青）



3　△號表示韻腳。下同。

## 從軍行

［唐］王昌齡

秦時明月漢時關，萬里長征人未還。
但使龍城飛將在，不教胡馬度陰山。
（十五刪。「教」讀 jiāo）

## 塞下曲

［唐］李白

五月天山雪，無花只有寒。
笛中聞折柳，春色未曾看。
曉戰隨金鼓，宵眠抱玉鞍。
願將腰下劍，直為斬樓蘭。
（十四寒。「看」讀 kān）

## 左遷至藍關示姪孫湘

［唐］韓愈

一封朝奏九重天，夕貶潮陽路八千。
欲為聖明除弊事，肯將衰朽惜殘年？
雲橫秦嶺家何在？雪擁藍關馬不前。
知汝遠來應有意，好收吾骨瘴江邊。
（一先）

## 輞川閒居

［唐］王維

一從歸白社，不復到青門。

時倚檐前樹，遠看原上村[4]。
青菰臨水拔，白鳥向山翻。
寂寞於陵子，桔槔方灌園。
（十三元）

4 看：音刊〔kān〕。

## 第三節　古體詩的用韻

古體詩用韻較寬，可以用平水韻，也可以用更寬的韻，即以鄰韻合用。例如：

### 樵父詞

［唐］儲光羲

山北饒朽木，山南多枯枝。（四支）
枯枝作採薪，爨室私自知。（四支）
詰朝礪斧尋，視暮行歌歸。（五微）
先雪隱薜荔，迎暄臥茅茨。（四支）
清澗日濯足，喬木時曝衣。（五微）
終年登險阻，不復憂安危。（四支）
蕩漾與神遊，莫知是與非。（五微）

### 傷宅

［唐］白居易

誰家起甲第，朱門大道邊？（一先）
豐屋中櫛比，高牆外回環。（十五刪）
纍纍六七堂，檐宇相連延。（一先）
一堂費百萬，鬱鬱起青煙。（一先）
洞房溫且清，寒暑不能干。（十四寒）
高堂虛且迥，坐臥見南山。（十五刪）
繞廊紫藤架，夾砌紅藥欄。（十四寒）
攀枝摘櫻桃，帶花移牡丹。（十四寒）
主人此中坐，十載為大官。（十四寒）

廚有臭敗肉，庫有貫朽錢。（一先）
誰能將我語，問爾骨肉間。（十五刪）
豈無窮賤者，忍不救飢寒？（十四寒）
如何奉一身，直欲保千年！（一先）
不見馬家宅，今作奉誠園！（十三元）

古體詩用韻，可以用平聲韻，也可以用上、去聲韻（上、去聲可以通押），也可以用入聲韻。例如：

用平聲韻的：

## 贈衛八處士

［唐］杜甫

人生不相見，動如參與商。
今夕復何夕？共此燈燭光。
少壯能幾時？鬢髮各已蒼。
訪舊半為鬼，驚呼熱中腸。
焉知二十載，重上君子堂！
昔別君未婚，兒女忽成行。
怡然敬父執，問我來何方。
問答未及已，兒女羅酒漿。
夜雨剪春韭，新炊間黃粱。
主稱會面難，一舉累十觴。
十觴亦不醉，感子故意長。
明日隔山嶽，世事兩茫茫！
（七陽）

用上聲韻的：

## 夏日南亭懷辛大

［唐］孟浩然

山光忽西落，池月漸東上。
散髮乘夕涼，開軒臥閒敞。
荷風送香氣，竹露滴清響。
欲取鳴琴彈，恨無知音賞。
感此懷故人，中宵勞夢想。
（二十二養）

用去聲韻的：

## 羌村

［唐］杜甫

崢嶸赤雲西，日脚下平地。（四寘）
柴門鳥雀噪，歸客千里至。（四寘）
妻孥怪我在，驚定還拭淚。（四寘）
世亂遭飄蕩，生還偶然遂。（四寘）
鄰人滿牆頭，感嘆亦歔欷。（五未）
夜闌更秉燭，相對如夢寐。（四寘）

用入聲韻的：

## 佳人

［唐］杜甫

絕代有佳人，幽居在空谷。（一屋）
自云良家子，零落依草木。（一屋）
關中昔喪亂，兄弟遭殺戮。（一屋）
官高何足論？不得收骨肉。（一屋）
世情惡衰歇，萬事隨轉燭。（二沃）
夫婿輕薄兒，新人美如玉。（二沃）
合昏尚知時，鴛鴦不獨宿。（一屋）
但見新人笑，那聞舊人哭！（一屋）
在山泉水清，出山泉水濁。（三覺）
侍婢賣珠回，牽蘿補茅屋。（一屋）
摘花不插髮，采柏動盈掬。（一屋）
天寒翠袖薄，日暮倚修竹。（一屋）

## 第四節　一韻到底和換韻

今體詩都是一韻到底的。古體詩可以一韻到底，也可以換韻，乃至換幾次韻。例如：

### 雁門太守行

［唐］李賀

黑雲壓城城欲摧，
甲光向日金鱗開。（十灰）
角聲滿天秋色裏，
塞上燕脂凝夜紫。
半卷紅旗臨易水，
霜重鼓寒聲不起。（四紙）
報君黃金台上意[5]，（四寘）
提攜玉龍為君死。（四紙）

### 兵車行

［唐］杜甫

車轔轔，馬蕭蕭，行人弓箭各在腰。
耶娘妻子走相送，塵埃不見咸陽橋。
牽衣頓足攔道哭，哭聲直上干雲霄。（二蕭）
道旁過者問行人，行人但云點行頻。（十一真）
或從十五北防河，便至四十西營田。
去時里正與裹頭，歸來頭白還戍邊。（一先）

---

5　「意」字去聲，也可以認為韻腳，上、去通押。

邊庭流血成海水，武皇開邊意未已。

君不聞漢家山東二百州，千村萬落生荊杞！（四紙）

縱有健婦把鋤犁，禾生隴畝無東西。

況復秦兵耐苦戰，被驅不異犬與雞！（八齊）

長者雖有問，役夫敢申恨？（十三問、十四願合韻）

且如今年冬，未休關西卒。

縣官急索租，租稅從何出？（四質、六月合韻）

信知生男惡，反是生女好。

生女猶得嫁比鄰，生男埋沒隨百草。（十九皓）

君不見青海頭，古來白骨無人收。

新鬼煩冤舊鬼哭，天陰雨濕聲啾啾。（十一尤）

## 第五節　首句用鄰韻，出韻



上面說過，今體詩要用平水韻。但是，詩的首句本來是可以不用韻的，如果用韻，就不一定要用本韻，而可以用鄰韻。例如：

### 訪戴天山道士不遇

［唐］李白

犬吠水聲中（一東），桃花帶露濃。（二冬）
樹深時見鹿，溪午不聞鐘。（二冬）
野竹分青靄，飛泉掛碧峰。（二冬）
無人知所去，愁倚兩三松。（二冬）

### 秋野

［唐］杜甫

秋野日疏蕪（七虞），寒江動碧虛。（六魚）
繫舟蠻井絡，卜宅楚村墟。（六魚）
棗熟從人打，葵荒欲自鋤。（六魚）
盤飧老夫食，分減及溪魚。（六魚）

盛唐時期，首句用鄰韻很少見。到了晚唐及宋代，首句用鄰韻的情況非常多。現在舉幾個例子：

## 田家

［北宋］歐陽修

綠桑高下映平川（一先），賽罷田神笑語喧。（十三元）
林外鳴鳩春雨歇，屋頭初日杏花繁。（十三元）

## 題西林壁

［北宋］蘇軾

橫看成嶺側成峰（二冬），遠近高低各不同。（一東）
不識廬山真面目，只緣身在此山中。（一東）

## 山園小梅

［北宋］林逋

眾芳搖落獨暄妍（一先），佔盡風情向小園。（十三元）
疏影橫斜水清淺，暗香浮動月黃昏。（十三元）
霜禽欲下先偷眼，粉蝶如知合斷魂。（十三元）
幸有微吟可相狎，不須檀板共金樽。（十三元）

今體詩如果不是在首句，而是在其他地方用鄰韻，叫做出韻。在唐宋詩中，出韻的情況非常罕見。這裏舉兩個例子：

## 少年

［唐］李商隱

外戚平羌第一功（一東），生年二十有重封。（二冬）
直登宣室螭頭上，橫過甘泉豹尾中。（一東）

別館覺來雲雨夢，後門歸去蕙蘭叢。（一東）
灞陵夜獵隨田竇，不識寒郊自轉蓬。（一東）

## 茂陵

［唐］李商隱

漢家天馬出蒲梢（三肴），苜蓿榴花遍近郊。（三肴）
內苑只知含鳳觜，屬車無復插雞翹。（二蕭）
玉桃偷得憐方朔，金屋修成貯阿嬌。（二蕭）
誰料蘇卿老歸國，茂陵松柏雨蕭蕭。（二蕭）

## 第六節　柏梁體

七言古詩有句句用韻的，叫做柏梁體。漢武帝作柏梁台，和群臣共賦七言詩（聯句），句句用韻（平聲韻）。後人把句句用韻的七言詩稱為柏梁體。例如 ：

### 飲中八仙歌

［唐］杜甫

知章騎馬似乘船，眼花落井水底眠。
汝陽三斗始朝天，道逢麴車口流涎，恨不移封向酒泉！
左相日興費萬錢，飲如長鯨吸百川。銜杯樂聖稱避賢。
宗之瀟灑美少年，舉觴白眼望青天，皎如玉樹臨風前。
蘇晉長齋繡佛前，醉中往往愛逃禪。
李白一斗詩百篇，長安市上酒家眠，
天子呼來不上船，自稱臣是酒中仙。
張旭三杯草聖傳，脫帽露頂王公前，揮毫落紙如雲煙。
焦遂五斗方卓然，高談雄辯驚四筵。

# 第五章

## 詩律

## 第一節　詩的種類

關於詩的種類，問題是相當複雜的。《唐詩三百首》的編者把詩分為古詩、律詩、絕句三類，又在這三類中都附有樂府一類；古詩、律詩、絕句又各分為五言、七言。這是一種分法。沈德潛所編的《唐詩別裁》的分類稍有不同：他不把樂府獨立起來，但是他增加了五言長律一類。宋郭知達所編的杜甫詩集就只簡單地分為古詩和近體詩兩類。現在我們試就上述三種分類法再參照別的分類法加以討論。

從格律上看，詩可分為古體詩和近體詩。古體詩又稱古詩或古風，近體詩又稱今體詩。從字數上看，有四言詩、五言詩、七言詩[1]。唐代以後，四言詩很少見了，所以一般詩集只分為五言、七言兩類。

### （一）古體和近體

古體詩是依照古代的詩體來寫的。在唐人看來，從《詩經》到南北朝的庾信，都算是古，因此所謂依照古代的詩體，也就沒有一定的標準。但是，詩人們所寫的古體詩，有一點是一致的，那就是不受近體詩的格律的束縛。我們可以說，凡不受近體詩格律的束縛的，都是古體詩。

樂府產生於漢代，本來是配音樂的，所以稱為「樂府」或「樂府詩」。這種樂府詩稱為「曲」、「辭」、「歌」、「行」等。到了唐代以後，文人摹擬這種詩體而寫成的古體詩，也叫「樂府」，但是已經不再配音樂了。由於隋唐時代逐漸形成了新音樂，後來又產生了配新音樂的歌詞，叫做「詞」。詞大

1　六言詩是很少見的。

概產生於盛唐。在樂府衰微之後、詞產生之前的一個過渡時期，配新樂曲的歌辭即採用近體詩。像王維的《渭城曲》、李白的《清平調》，都是近體詩的形式。

近體詩以律詩為代表。律詩的韻、平仄、對仗，都有許多講究。由於格律很嚴，所以稱為律詩。律詩有以下四個特點：

(1) 每首限定八句，五律共四十字，七律共五十六字；

(2) 押平聲韻；

(3) 每句的平仄都有規定；

(4) 每篇必須有對仗，對仗的位置也有規定。

有一種超過八句的律詩，稱為長律。長律自然也是近體詩。長律一般是五言的[2]，往往在題目上標明韻數。如杜甫《風疾舟中伏枕書懷三十六韻》，就是三百六十字；白居易《代書詩一百韻寄微之》，就是一千字。這種長律除了尾聯（或除了首尾兩聯）以外，一律用對仗，所以又叫排律[3]。

絕句比律詩的字數少一半。五言絕句只有二十字，七言絕句只有二十八字。絕句實際上可以分為古絕、律絕兩類。

古絕可以用仄韻。即使是押平聲韻的，也不受近體詩平仄規則的束縛。這可以歸入古體詩一類。

律絕不但押平聲韻，而且依照近體詩的平仄規則。在形式上它們就等於半首律詩。這可以歸入近體詩[4]。

總括起來說：一般所謂古風屬古體詩，而律詩（包括長律）則屬近體詩。樂府和絕句，有些屬古體，有些屬近體。

---

2 也有七言長律，如杜甫《清明》二首等。

3 參看「長律的對仗」，頁〇九七至〇九八。

4 郭知達編杜甫詩集把多數絕句都歸入近體詩。元稹所編的《白氏長慶集》索性就把這種絕句歸入律詩。

## （二）五言和七言

五言就是五個字一句，七言就是七個字一句。五言古詩簡稱五古，七言古詩簡稱七古 ；五言律詩簡稱五律，七言律詩簡稱七律 ；五言絕句簡稱五絕，七言絕句簡稱七絕。

古風分為五古、七古，這只是大致的分法。其實除了五言、七言之外，還有所謂雜言。雜言指的是長短句雜在一起，主要是三字句、五字句、七字句，其中偶然也有四字句、六字句以及七字以上的句子。雜言詩一般不另立一類，而只歸入七古。甚至篇中完全沒有七字句，只要是長短句，也就歸入七古。這是習慣上的分類法，是沒有什麼理論根據的。

## 第二節　律詩的韻



我們先講近體詩，後講古體詩，這是因為徹底了解了近體詩之後，才能更好地了解古體詩。第一，古體詩既然是以不受近體詩格律的束縛為其特徵的，我們就必須先知道近體詩的格律是什麼，然後才能知道什麼是古體詩。第二，自從有了律詩以後，古體詩也不能不受律詩的影響，所以要先了解律詩，然後才能知道古體詩所受律詩的影響是什麼。

在這一節裏，我們先談律詩的韻。

古人寫律詩，是嚴格地依照韻書來押韻的。韻書的歷史，這裏用不着詳細敘述。清代一般人常常查閱的《詩韻集成》、《詩韻合璧》等韻書，不但可以說明清代律詩的押韻，而且可以說明唐宋律詩的用韻。一般人所謂「詩韻」，也就是指這個來說的[5]。

詩韻共有一百零六個韻：平聲三十韻，上聲二十九韻，去聲三十韻，入聲十七韻。律詩一般只用平聲韻[6]，所以我們在這一節裏只談平聲韻；至於仄聲韻，留待下文講古體詩時再行討論。

在韻書裏，平聲分為上平聲、下平聲。平聲字多，所以分為兩卷，等於說平聲上卷，平聲下卷，沒有別的意思。

**上平聲十五韻**

一東　二冬　三江　四支　五微　六魚
七虞　八齊　九佳　十灰　十一真　十二文
十三元　十四寒　十五刪

5　《佩文韻府》等書，也是按這個詩韻排列的。

6　劉長卿、白居易、韓偓等人寫了一些仄韻律詩。因為這種詩是罕見的，這裏不談。

**下平聲十五韻**

一先　二蕭　三肴　四豪　五歌　六麻

七陽　八庚　九青　十蒸　十一尤　十二侵

十三覃　十四鹽　十五咸

東、冬等字都只是韻的代表字，它們只表示韻母的種類。至於東、冬這兩個韻（以及其他相近似的韻）在讀音上有什麼分別，現在我們不需要追究它。我們只須知道它們在最初的時候可能是有區別的，後來混而為一了，但是古代詩人們依照韻書，在寫律詩時還不能把它們混用。起初是限於功令，在科舉應試的時候不能不遵守它；後來成為風氣，平常寫律詩的時候也遵守它了。在《紅樓夢》裏，有這樣一段故事：林黛玉叫香菱寫一首詠月的律詩，指定用寒韻。香菱正在挖心搜膽、耳不旁聽、目不別視的時候，探春隔窗笑說道：「菱姑娘，你閒閒吧。」香菱怔怔答道：「閒字是十五刪的，錯了韻了。」這一段故事可以說明近體詩用韻的嚴格。

韻有寬有窄，字數多的叫寬韻，字數少的叫窄韻。寬韻如支韻、真韻、先韻、陽韻、庚韻、尤韻等，窄韻如江韻、佳韻、肴韻、覃韻、鹽韻、咸韻等，窄韻的律詩是比較少見的。有些韻，如微韻、刪韻、侵韻，字數雖不多，但是比較合用，詩人們也很喜歡用它們。

現在我們舉出幾首律詩為例[7]：

## 送魏大將軍（一東）

［唐］陳子昂

匈奴猶未滅，魏絳復從戎。
悵別三河道，言追六郡雄。
雁山橫代北，狐塞接雲中。
勿使燕然上，惟留漢將功。

## 喜見外弟又言別（二冬）

［唐］李益

十年離亂後，長大一相逢。
問姓驚初見，稱名憶舊容。
別來滄海事，語罷暮天鐘。
明日巴陵道，秋山又幾重？

7　我們有意識地舉一些在今天看來不必分別，而前人在律詩中嚴格區別開來的韻，如東與冬，魚與虞，庚與青。其餘的韻可以參看下文各節所舉的例子。四支，張巡《守睢陽詩》，頁〇九七至〇九八。五微，蘇軾《壽星院寒碧軒》，頁〇九〇。十灰，杜甫《客至》，頁〇九四。十一真，孟浩然《宿建德江》，頁一〇四。十二文，杜甫《春日憶李白》，頁〇九三。十三元，林逋《山園小梅》，頁〇六〇。十四寒，杜甫《月夜》，頁〇八二。十五刪，陸游《書憤》，頁〇七六。一先，王維《使至塞上》，頁〇八〇。二蕭，毛主席《送瘟神》（其二），頁〇八三。四豪，盧綸《塞下曲》其二，頁一〇六。五歌，杜甫《天末懷李白》，頁〇八五。六麻，杜牧《泊秦淮》，頁一〇五至一〇六。七陽，杜甫《聞官軍收河南河北》，頁〇九六。十蒸，蘇軾《郿塢》，頁一〇六。十一尤，李白《渡荊門送別》，頁〇八二。窄韻不舉例。

## 籌筆驛（六魚）

［唐］李商隱

猿鳥猶疑畏簡書，風雲常為護儲胥。
徒令上將揮神筆，終見降王走傳車。
管樂有才元不忝，關張無命欲何如？
他年錦里經祠廟，梁父吟成恨有餘。

## 終南山（七虞）

［唐］王維

太乙近天都，連山到海隅。
白雲回望合，青靄入看無。
分野中峰變，陰晴眾壑殊。
欲投人處宿，隔水問樵夫。

## 錢塘湖春行（八齊）

［唐］白居易

孤山寺北賈亭西，水面初平雲腳低。
幾處早鶯爭暖樹，誰家新燕啄春泥？
亂花漸欲迷人眼，淺草才能沒馬蹄。
最愛湖東行不足，綠楊陰裏白沙堤。

## 月夜憶舍弟（八庚）

［唐］杜甫

戍鼓斷人行，邊秋一雁聲。

露從今夜白，月是故鄉明。
有弟皆分散，無家問死生。
寄書長不達，況乃未休兵！

## 送趙都督赴代州（九青）

［唐］王維

天官動將星，漢地柳條青。
萬里鳴刁斗，三軍出井陘。
忘身辭鳳闕，報國取龍庭[8]。
豈學書生輩，窗間老一經！

## 詠煤炭（十二侵）

［明］于謙

鑿開混沌得烏金，藏蓄陽和意最深。
爝火燃回春浩浩，洪爐照破夜沉沉。
鼎彝元賴生成力，鐵石猶存死後心。
但願蒼生俱飽暖，不辭辛苦出山林。

五律第一句，多數是不押韻的；七律第一句，多數是押韻的。由於第一句押韻與否是自由的，所以第一句的韻腳也可以不太嚴格，用鄰近的韻也行。這種首句用鄰韻的風氣到晚唐才相當普遍，宋代更成為有意識的時尚。現在試舉兩個例子：

8 楊炯《從軍行》:「牙璋辭鳳闕，鐵騎繞龍城。」「龍庭」就是「龍城」。這裏不用「龍城」，而用「龍庭」，因為「城」字是八庚韻，「庭」字是九青韻。

### 清明

［唐］杜牧

清明時節雨紛紛，路上行人欲斷魂。
借問酒家何處有，牧童遙指杏花村。

### 山園小梅

［宋］林逋

眾芳搖落獨暄妍，佔盡風情向小園。
疏影橫斜水清淺，暗香浮動月黃昏。
霜禽欲下先偷眼，粉蝶如知合斷魂。
幸有微吟可相狎，不須檀板共金樽。

這兩首詩用的都是十三元韻，但是杜牧《清明》第一句韻腳卻用了十二文韻的「紛」字，林逋《山園小梅》第一句韻腳卻用了一先韻的「妍」字。這種首句用鄰韻的情況，在王維、李白、杜甫等盛唐詩人的律詩裏是少見的[9]。

以上所述律詩用韻的嚴格性，只是為了說明古代的律詩。今天我們如果也寫律詩，就不必拘泥古人的詩韻。不但首句用鄰韻，就是其他的韻腳用鄰韻，只要朗誦起來諧和，都是可以的。

9 李白有一首《訪戴天山道士不遇》也是首句用鄰韻，還有李頎的《送李回》。但是這種情況不多見。

## 第三節　律詩的平仄

平仄，這是律詩中最重要的因素。律詩的平仄規則，一直應用到後代的詞曲。我們講詩詞的格律，主要就是講平仄。

### （一）五律的平仄

五言的平仄，只有四個類型，而這四個類型可以構成兩聯。即：

仄仄平平仄，平平仄仄平；
平平平仄仄，仄仄仄平平。

由這兩聯的錯綜變化，可以構成五律的四種平仄格式。其實只有兩種基本格式，其餘兩種不過是在基本格式的基礎上稍有變化罷了。

（1）仄起式

㊀仄平平仄，平平仄仄平。
㊁平平仄仄，㊀仄仄平平。
㊀仄平平仄，平平仄仄平。
㊁平平仄仄，㊀仄仄平平。
（字外加圈表示可平可仄）

**春望**

［唐］杜甫

國破山河在，城春草木深。

感時花濺淚，恨別鳥驚心。
烽火連三月，家書抵萬金。
白頭搔更短，渾欲不勝簪[10]。

另一式，首句改為㊀仄仄平平，其餘不變[11]。

(2) 平起式

㊥平平仄仄，㊀仄仄平平。
㊀仄平平仄，平平仄仄平。
㊥平平仄仄，㊀仄仄平平。
㊀仄平平仄，平平仄仄平。

### 山居秋暝

［唐］王維

空山新雨後，天氣晚來秋。
明月松間照，清泉石上流。
竹喧歸浣女，蓮動下漁舟。
隨意春芳歇，王孫自可留。

另一式，首句改為平平仄仄平，其餘不變[12]。

## （二）七律的平仄

七律是五律的擴展，擴展的辦法是在五字句的上面加一



10 勝：平聲，讀如升。簪字有 zān、zēn 兩讀，分入覃、侵兩韻，這裏押侵韻，讀 zēn。字下加小圓點的都是入聲字。下同。

11 參看杜甫《月夜憶舍弟》，頁一四○。

12 這一種格式比較少見。參看王維《送趙都督赴代州》，頁○七一。

個兩字的頭。仄上加平，平上加仄。試看下面的對照表：

（1）平仄腳

五言仄起仄收 ○○仄仄平平仄

七言平起仄收 平平仄仄平平仄

（2）仄平腳

五言平起平收 ○○平平仄仄平

七言仄起平收 仄仄平平仄仄平

（3）仄仄腳

五言平起仄收 ○○平平平仄仄

七言仄起仄收 仄仄平平平仄仄

（4）平平腳

五言仄起平收 ○○仄仄仄平平

七言平起平收 平平仄仄仄平平

因此，七律的平仄也只有四個類型，這四個類型也可以構成兩聯，即：

平平仄仄平平仄，仄仄平平仄仄平。

仄仄平平平仄仄，平平仄仄仄平平。

由這兩聯的平仄錯綜變化，可以構成七律的四種平仄格式。其實只有兩種基本格式，其餘兩種不過在基本格式的基礎上稍有變化罷了。

(1)仄起式

㊀仄平平仄仄平，㊁平㊀仄仄平平。

㊁平㊀仄平平仄，㊀仄平平仄仄平。

㊀仄㊁平平仄仄，㊁平㊀仄仄平平。

㊁平㊀仄平平仄，㊀仄平平仄仄平。

## 書憤

［宋］陸游

早歲那知世事艱？中原北望氣如山[13]。

樓船夜雪瓜洲渡，鐵馬秋風大散關。

塞上長城空自許，鏡中衰鬢已先斑。

出師一表真名世，千載誰堪伯仲間？

## 到韶山

毛澤東

別夢依稀咒逝川，故園三十二年前。

紅旗卷起農奴戟，黑手高懸霸主鞭。

為有犧牲多壯志，敢教日月換新天[14]。

喜看稻菽千重浪，遍地英雄下夕煙。

## 冬雲

毛澤東

雪壓冬雲白絮飛，萬花紛謝一時稀。

13 那：平聲。

14 教：平聲。

高天滾滾寒流急，大地微微暖氣吹。
獨有英雄驅虎豹，更無豪傑怕熊羆。
梅花歡喜漫天雪[15]，凍死蒼蠅未足奇。

另一式，第一句改為仄仄平平平仄仄，其餘不變[16]。

（2）平起式

㊥平㊀仄仄平平，㊀仄平平仄仄平。
㊀仄㊥平平仄仄，㊥平㊀仄仄平平。
㊥平㊀仄平平仄，㊀仄平平仄仄平。
㊀仄㊥平平仄仄，㊥平㊀仄仄平平。

## 長征

毛澤東

紅軍不怕遠征難，萬水千山只等閒。
五嶺逶迤騰細浪，烏蒙磅礴走泥丸。
金沙水拍雲崖暖，大渡橋橫鐵索寒。
更喜岷山千里雪，三軍過後盡開顏。

## 人民解放軍佔領南京

毛澤東

鍾山風雨起蒼黃，百萬雄師過大江。
虎踞龍盤今勝昔，天翻地覆慨而慷。
宜將剩勇追窮寇，不可沽名學霸王。

15　漫：平聲。

16　參看杜甫《聞官軍收河南河北》，頁〇九六。

天若有情天亦老，人間正道是滄桑。

## 登廬山

毛澤東

一山飛峙大江邊，躍上葱蘢四百旋。
冷眼向洋看世界，熱風吹雨灑江天。
雲橫九派浮黃鶴，浪下三吳起白煙。
陶令不知何處去，桃花源裏可耕田？

## 和郭沫若同志

毛澤東

一從大地起風雷，便有精生白骨堆。
僧是愚氓猶可訓，妖為鬼蜮必成災。
金猴奮起千鈞棒，玉宇澄清萬里埃。
今日歡呼孫大聖，只緣妖霧又重來。

另一式，第一句改為㊣平㊅仄平平仄，其餘不變[17]。

## （三）粘對[18]

律詩的平仄有「粘對」的規則。

對，就是平對仄，仄對平。也就是上文所說的在對句中，平仄是對立的。五律的「對」，只有兩副對聯的形式，即：

（1）仄仄平平仄，平平仄仄平。

17　參看杜甫《客至》，頁〇九四。

18　粘：讀 nián。

（2）平平平仄仄，仄仄仄平平。

七律的「對」，也只有兩副對聯的形式，即：

（1）平平仄仄平平仄，仄仄平平仄仄平。

（2）仄仄平平平仄仄，平平仄仄仄平平。

如果首句用韻，則首聯的平仄就不是完全對立的。由於韻腳的限制，也只能這樣辦。這樣，五律的首聯成為：

（1）仄仄仄平平，平平仄仄平。

或者是：

（2）平平仄仄平，仄仄仄平平。

七律的首聯成為：

（1）平平仄仄仄平平，仄仄平平仄仄平。

或者是：

（2）仄仄平平仄仄平，平平仄仄仄平平。

粘，就是平粘平、仄粘仄，後聯出句第二字的平仄要跟前聯對句第二字相一致。具體說來，要使第三句跟第二句相粘，第五句跟第四句相粘，第七句跟第六句相粘。上文所述的五律平仄格式和七律平仄格式，都是合乎這個規則的。試看毛主席的《長征》，第二句「水」字仄聲，第三句「嶺」字跟着也是仄聲；第四句「蒙」字平聲，第五句「沙」字跟着也是平聲；第六句「渡」字仄聲，第七句「喜」字跟着也是仄聲。可見粘的規則是很嚴格的。

粘對的作用，是使聲調多樣化。如果不「對」，上下兩句的平仄就雷同了；如果不「粘」，前後兩聯的平仄又雷同了。

明白了粘對的道理，可以幫助我們背誦平仄的歌訣（即格式）。只要知道了第一句的平仄，全篇的平仄都能背誦出來了。

明白了粘對的道理，又可以幫助我們了解長律的平仄。不管長律有多長，也不過是依照粘對的規則來安排平仄。

違反了粘的規則，叫做失粘[19]；違反了對的規則，叫做失對。在王維等人的律詩中，由於律詩尚未定型化，還有一些不粘的律詩。例如：

使至塞上

［唐］王維

單車欲問邊，屬國過居延。
征蓬出漢塞，歸雁入胡天。
大漠孤煙直，長河落日圓。
蕭關逢候騎，都護在燕然[20]。

這裏第三句和第二句不粘。到了後代，失粘的情形非常罕見。至於失對，就更是詩人們所留心避免的了。

19 失粘有廣義，有狹義。廣義的失粘指一切平仄不調的現象。狹義的失粘就是這裏所講的。

20 燕：平聲。

## （四）孤平的避忌

孤平是律詩（包括長律、律絕）的大忌，所以詩人們在寫律詩的時候，注意避免孤平。在詞曲中用到同類句子的時候，也注意避免孤平。

在五言「平平仄仄平」這個句型中，第一字必須用平聲；如果用了仄聲字，就是犯了孤平。因為除了韻腳之外，只剩一個平聲字了。七言是五言的擴展，所以在「仄仄平平仄仄平」這個句型中，第三字如果用了仄聲，也叫犯孤平[21]。在唐人的律詩中，絕對沒有孤平的句子[22]。毛主席的詩詞也從來沒有孤平的句子。試看《長征》第二句的「千」字，第六句的「橋」字都是平聲字，可為例證。

在這種情況下，如果五言第一字、七言第三字必須用仄聲，另有一種補救辦法，詳見下文。

## （五）特定的一種平仄格式

在五言「平平平仄仄」這個句型中，可以使用另一個格式，就是「平平仄平仄」；七言是五言的擴展，所以在七言「仄仄平平平仄仄」這個句型中，也可以使用另一個格式，就是「仄仄平平仄平仄」。這種格式的特點是：五言第三四兩字的平仄互換位置，七言第五六兩字的平仄互換位置。注意：在這種情況下，五言第一字、七言第三字必須用平聲，不再是可平可仄的了。

21 注意：犯孤平指的是平腳的句子，仄腳的句子即使只有一個平聲字，也不算犯孤平。如李白《宿五松山下荀媼家》「我宿五松下」，只算拗句，不算孤平。又指的是「平平仄仄平」這個格式，至於像孟浩然《臨洞庭上張丞相》「八月湖水平」，那也是另一種拗句，不是孤平。

22 杜甫《秦州雜詩》其二十：「曬藥能無婦，應門幸有兒。」《獨坐》其二：「曬藥安垂老，應門試小童。」答應的應（又寫作譍）在唐宋時有平、去二讀，這裏讀平聲，所以不犯孤平。參看《詩韻合璧》蒸韻譍字條。

這種格式在唐宋的律詩中是很常見的，它和常規的詩句一樣常見[23]。例如[24]：

## 月夜

［唐］杜甫

今夜鄜州月，閨中只獨看[25]。
遙憐小兒女，未解憶長安。
香霧雲鬟濕，清輝玉臂寒。
何時倚虛幌，雙照淚痕乾！

一首詩只有兩個句子是應該用「平平平仄仄」的，這裏都換上了「平平仄平仄」了。

這種特定的平仄格式，習慣上常常用在第七句。例如[26]：

## 渡荊門送別

［唐］李白

渡遠荊門外，來從楚國遊。
山隨平野盡，江入大荒流。
月下飛天鏡，雲生結海樓。
仍憐**故鄉**水，萬里送行舟。

23 唐人的試帖詩也容許有這種平仄格式，可見它是正規的格式。

24 頁〇六〇所引林逋《山園小梅》第三句「疏影橫斜水清淺」，第七句「幸有微吟可相狎」兩句，頁〇八五所引杜甫《天末懷李白》第一句「涼風起天末」也是這種情況。

25 鄜：讀如孚，平聲。看：讀如刊，平聲。

26 頁〇八七所引陸游《夜泊水村》第七句「記取江湖泊船處」，頁〇九三所引杜甫《春日憶李白》第七句「何時一尊酒」，頁〇九四所引王維《觀獵》第七句「回看射雕處」，也都是這種情況。

## 山中寡婦[27]

［唐］杜荀鶴

夫因兵死守蓬茅，麻苧衣衫鬢髮焦。
桑柘廢來猶納稅，田園荒盡尚徵苗。
時挑野菜和根煮，旋斫生柴帶葉燒[28]。
任是深山**更深**處，也應無計避征徭[29]！

現在再舉毛主席的詩來證明：

## 送瘟神（其二）

毛澤東

春風楊柳萬千條，六億神州盡舜堯。
紅雨隨心翻作浪，青山着意化為橋。
天連五嶺銀鋤落，地動三河鐵臂搖。
借問瘟君**欲何**往？紙船明燭照天燒。

## 答友人

毛澤東

九嶷山上白雲飛，帝子乘風下翠微。
斑竹一枝千滴淚，紅霞萬朵百重衣。
洞庭波湧連天雪，長島人歌動地詩。
我欲因之**夢寥**廓，芙蓉國裏盡朝暉。

27　一作《時世行贈田婦》。
28　旋：去聲。
29　更：去聲。

## （六）拗救

凡平仄不依常格的句子，叫做拗句。律詩中如果多用拗句，就變了古風式的律詩（見下文）。上文所敘述的那種特定格式（五言「平平仄平仄」，七言「仄仄平平仄平仄」）也可以認為拗句之一種，但是，它被常用到那樣的程度，自然就跟一般拗句不同了。現在再談幾種拗句：它在律詩中也是相當常見的，但是前面一字用「拗」，後面還必須用「救」。所謂「救」，就是補償。一般說來，前面該用平聲的地方用了仄聲，後面必須（或經常）在適當的位置上補償一個平聲。下面的三種情況是比較常見的：

(a) 在該用「平平仄仄平」的地方，第一字用了仄聲，第三字補償一個平聲，以免犯孤平。這樣就變了「仄平平仄平」。七言則是由「仄仄平平仄仄平」換成「仄仄仄平平仄平」。這是本句自救。

(b) 在該用「仄仄平平仄」的地方，第四字用了仄聲（或三四兩字都用了仄聲），就在對句的第三字改用平聲來補償。這樣就成為「㊀仄㊁仄仄，㊁平平仄平」。七言則成為「㊁平㊀仄㊁仄仄，㊀仄㊁平平仄平」。這是對句相救。

(c) 在該用「仄仄平平仄」的地方，第四字沒有用仄聲，只是第三字用了仄聲。七言則是第五字用了仄聲。這是半拗，可救可不救，和 (a)、(b) 的嚴格性稍有不同。

詩人們在運用 (a) 的同時，常常在出句用 (b) 或 (c)。這樣既構成本句自救，又構成對句相救。現在試舉出幾個例子，並加以說明：

## 宿五松山下荀媼家

［唐］李白

我宿五松下，寂寥無所歡。
田家秋作苦，鄰女夜舂寒。
跪進雕胡飯，月光明素盤。
令人慚漂母，三謝不能餐[30]。

第一句「五」字、第二句「寂」字都是該平而用仄，「無」字平聲，既救第二句的第一字，也救第一句的第三字。第六句是孤平拗救，和第二句同一類型，但它只是本句自救，跟第五句無拗救關係。

## 天末懷李白

［唐］杜甫

涼風起天末，君子意如何？
鴻雁幾時到？江湖秋水多。
文章憎命達，魑魅喜人過[31]。
應共冤魂語，投詩贈汨羅！

第一句是特定的平仄格式，用「平平仄平仄」代替「㊥平平仄仄」（參看上文）。第三句「幾」字仄聲拗，第四句「秋」字平聲救。這是（c）類。

30　令：平聲。漂：去聲。

31　過：平聲。

## 賦得古原草送別

［唐］白居易

離離原上草，一歲一枯榮。
野火燒不盡，春風吹又生。
遠芳侵古道，晴翠接荒城。
又送王孫去，萋萋滿別情。

第三句「不」字仄聲拗，第四句「吹」字平聲救。這是（b）類。

## 咸陽城東樓

［唐］許渾

一上高樓萬里愁，蒹葭楊柳似汀洲。
溪雲初起日沉閣，山雨欲來風滿樓。
鳥下綠蕪秦苑夕，蟬鳴黃葉漢宮秋。
行人莫問當年事，故國東來渭水流。

第三句「日」字拗，第四句「欲」字拗，「風」字既救本句「欲」字，又救出句「日」字。這是（a）、（c）兩類相結合。

## 新城道中（其一）

［宋］蘇軾

東風知我欲山行，吹斷檐間積雨聲。
嶺上晴雲披絮帽，樹頭初日掛銅鉦。
野桃含笑竹籬短，溪柳自搖沙水清。
西崦人家應最樂，煮芹燒筍餉春耕。

第五句「竹」字拗，第六句「自」字拗，「沙」字既救本句的「自」字，又救出句的「竹」字。這是（a）、（c）兩類的結合。

### 夜泊水村

［宋］陸游

腰間羽箭久凋零，太息燕然未勒銘。
老子猶堪絕大漠，諸君何至泣新亭？
一身報國有萬死，雙鬢向人無再青！
記取江湖泊船處，臥聞新雁落寒汀。

第五句「有萬」二字都拗，第六句「向」字拗，「無」字既是本句自救，又是對句相救。這是（a）、（b）兩類的結合。

由此看來，律詩一般總是合律的。有些律詩看來好像不合律，其實是用了拗救，仍舊合律。這種拗救的做法，以唐詩為較常見。宋代以後，講究音律的詩人如蘇軾、陸游等仍舊精於此道，我們今天當然不必模仿。但是，知道了拗救的道理，對於唐宋律詩的了解，是有幫助的。

## （七）所謂「一三五不論」

關於律詩的平仄，相傳有這樣一個口訣：「一三五不論，二四六分明。」這是指七律（包括七絕）來說的。意思是說，第一、第三、第五字的平仄可以不拘，第二、第四、第六字的平仄必須分明。至於第七字呢，自然也是要求分明的。如果就五言律詩來說，那就應該是「一三不論，二四分明」。

這個口訣對於初學律詩的人是有用的，因為它是簡單明瞭的。但是，它分析問題是不全面的，所以容易引起誤解，這個影響很大。既然它是不全面的，就不能不予以適當的批評。

先說「一三五不論」這句話是不全面的。在五言「平平仄仄平」這個格式中，第一字不能不論；在七言「仄仄平平仄仄平」這個格式中，第三字不能不論，否則就要犯孤平。在五言「平平仄平仄」這個特定格式中，第一字也不能不論；同理，在七言「仄仄平平仄平仄」這個特定格式中，第三字也不能不論。以上講的是五言第一字、七言第三字在一定情況下不能不論。至於五言第三字、七言第五字，在一般情況下，更是以「論」為原則了。

總之，七言仄腳的句子可以有三個字不論，平腳的句子只能有兩個字不論。五言仄腳的句子可以有兩個字不論，平腳的句子只能有一個字不論。「一三五不論」的話是不對的。

再說「二四六分明」這句話也是不全面的。五言第二字「分明」是對的，七言第二、四兩字「分明」是對的，至於五言第四字、七言第六字，就不一定「分明」。依特定格式「平平仄平仄」（五言）來看，第四字並不一定「分明」；又依「仄仄平平仄平仄」來看，第六字並不一定「分明」。又如「仄仄平平仄」這個格式也可以換成「仄仄㊉仄仄」，只須在對句第三字補償一個平聲就是了。七言由此類推。「二四六分明」的話也不是完全正確的。

## （八）古風式的律詩

在律詩尚未定型化的時候，有些律詩還沒有完全依照律詩的平仄格式，而且對仗也不完全工整。例如：

## 黃鶴樓

［唐］崔顥

昔人已乘黃鶴去，此地空餘黃鶴樓。
黃鶴一去不復返，白雲千載空悠悠。
晴川歷歷漢陽樹，芳草萋萋鸚鵡洲。
日暮鄉關何處是？煙波江上使人愁！

這詩前半首是古風的格調，後半首才是律詩。依照上文所述七律的平仄的平起式來看，第一句第四字應該是仄聲而用了平聲（「乘」chéng），第六字應該是平聲而用了仄聲（「鶴」，古讀入聲），第三句第四字和第五字應該是平聲而用了仄聲（「去不」），第四句第五字應該是仄聲而用了平聲（「空」）。當然，這所謂「應該」是從後代的眼光來看的，當時律詩既然還沒有定型化，根本不產生應該不應該的問題。

後來也有一些詩人有意識地寫一些古風式的律詩。例如：

## 崔氏東山草堂

［唐］杜甫

愛汝玉山草堂靜，高秋爽氣相鮮新。
有時自發鐘磬響，落日更見漁樵人。
盤剝白鴉谷口栗，飯煮青泥坊底芹。
何為西莊王給事，柴門空閉鎖松筠。[32]

32 為：去聲。

作者在詩中故意違反律詩的平仄規則。第一句第六字應仄而用平（「堂」）[33]，第二句第五字應仄而用平（「相」），第三句第六字應平而用仄（「磬」），第四句第三、四兩字應平而用仄（「更見」），第五、六兩字應仄而用平（「漁樵」）。第五、六兩句是「失對」，因為兩句都是仄起的句子。第五句的「谷」和第六句的「坊」也不合一般的平仄規則（雖然可認為拗救）。除了字數、韻腳、對仗像律詩以外[34]，若論平仄，這簡直就是一篇古風。又如：

### 壽星院寒碧軒

［宋］蘇軾

清風肅肅搖窗扉，窗前修竹一尺圍。
紛紛蒼雪落夏簟，冉冉綠霧沾人衣。
日高山蟬抱葉響，人靜翠羽穿林飛。
道人絕粒對寒碧，為問鶴骨何緣肥[35]？

這首詩第一句第五字應仄而用平（「搖」），這種三平調已經給人一種古風的感覺。第二句如果拿「㊥平㊋仄仄平平」來衡量，第六字應平而用仄（「尺」字古屬入聲）[36]。第三句如果拿「㊥平㊋仄㊥平仄」來衡量，第六字應平而用仄（「夏」）。第四句如果拿「㊋仄平平㊋仄平」來衡量，第三、四兩字應平而用仄（「綠霧」），第六字應仄而用平（「人」）。第



33 這還不能算是上文所述的那種特定格式，因為那種格式第三字必須用平聲，這句第三字「玉」字用的是仄聲（入聲）。

34 「芹」字今入文韻，但杜甫時代還是真韻字，不算出韻。

35 為：去聲。

36 這是以第二字的平仄為標準來衡量的。當然也可以拿「仄仄平平仄仄平」來衡量，不過那樣也有不合平仄的地方。下同。

五句如果拿「平⃝平仄⃝仄平⃝平仄」來衡量，第四字應仄而用平（「蟬」），第六字應平而用仄（「葉」）。第六句如果拿「仄⃝仄平平仄⃝仄平」來衡量，第三、四兩字應平而用仄（「翠羽」），第六字應仄而用平（「林」）。第八句如果拿「仄⃝仄平平仄⃝仄平」來衡量，第三、四兩字應平而用仄（「鶴骨」），第六字應仄而用平（「緣」）。第七句第五字（「對」）也不合於一般平仄規則。跟「搖窗扉」一樣，「沾人衣」、「穿林飛」、「何緣肥」都是三平調，更顯得是古風的格調（參看下文第六節第四小節「古體詩的平仄」）。作者又有意識地造成失對和失粘。若依上面的衡量方法，第二句是失對，第五句和第七句都是失粘。

古人把這種詩稱為「拗體」。拗體自然不是律詩的正軌，後代模仿這種詩體的人是很少的。

# 第四節　律詩的對仗

## （一）對仗的種類

詞的分類是對仗的基礎[37]，古代詩人們在應用對仗時所分的詞類，和今天語法上所分的詞類大同小異，不過當時詩人們並沒有給它們起一些語法術語罷了[38]。依照律詩的對仗概括起來，詞大約可以分為下列的九類：

1. 名詞　2. 形容詞　3. 數詞（數目字）　4. 顏色詞
5. 方位詞　6. 動詞　7. 副詞　8. 虛詞　9. 代詞[39]

同類的詞相為對仗。我們應該特別注意四點：(a) 數目自成一類，「孤」、「半」等字也算是數目。(b) 顏色自成一類。(c) 方位自成一類，主要是「東」、「西」、「南」、「北」等字。這三類詞很少跟別的詞相對。(d) 不及物動詞常常跟形容詞相對。

連綿字只能跟連綿字相對。連綿字當中又再分為名詞連綿字（鴛鴦、鸚鵡等）、形容詞連綿字（逶迤、磅礴等）、動詞連綿字（躊躇、踴躍等）。不同詞性的連綿字一般還是不能相對。

專名只能與專名相對，最好是人名對人名、地名對地名。

名詞還可以細分為以下的一些小類：

37　這裏所謂「詞」不是詩詞的「詞」。詞類指名詞、動詞等。

38　有時候，也有人把字分為動字、靜字。所謂靜字，當時指的是今天所謂名詞；所謂動字就是動詞。

39　代詞「之」、「其」歸入虛詞。

1. 天文　2. 時令　3. 地理　4. 宮室　5. 服飾　6. 器用

7. 植物　8. 動物　9. 人倫　10. 人事　11. 形體[40]





## (二)對仗的常規 —— 中兩聯對仗

為了說明的便利，古人把律詩的第一、二兩句叫做首聯，第三、四兩句叫做頷聯，第五、六兩句叫做頸聯，第七、八兩句叫做尾聯。

對仗一般用在頷聯和頸聯，即第三、四句和第五、六句。現在試舉幾個典型的例子：

### 春日憶李白

[唐]杜甫

白也詩無敵，飄然思不群。
清新庾開府，俊逸鮑參軍。
渭北春天樹，江東日暮雲。
何時一尊酒，重與細論文[41]？

(「開府」對「參軍」，是官名對官名；「渭」對「江」〔長江〕，是水名對水名)

40　這十一類還不是完備的。

41　思：去聲。論：平聲。「清新」句和「何時」句都是拗句。這裏可以看出拗句在對仗上能起作用，否則「庾開府」不能對「鮑參軍」。

## 觀獵

[唐]王維

風勁角弓鳴，將軍獵渭城。
草枯鷹眼疾，雪盡馬蹄輕。
忽過新豐市，還歸細柳營。
回看射雕處，千里暮雲平[42]。

(「新豐」對「細柳」，是地名對地名)

## 客至

[唐]杜甫

舍南舍北皆春水，但見群鷗日日來。
花徑不曾緣客掃，蓬門今始為君開[43]。
盤飧市遠無兼味，尊酒家貧只舊醅。
肯與鄰翁相對飲，隔籬呼取盡餘杯。

## 鸚鵡

[唐]白居易

隴西鸚鵡到江東，養得經年觜漸紅。
常恐思歸先剪翅，每因喂食暫開籠。
人憐巧語情雖重，鳥憶高飛意不同。
應似朱門歌舞妓，深藏牢閉後房中[44]。



42 看：平聲，讀如刊。「回看」句是拗句。

43 為：去聲。

44 重：上聲。應：平聲。

## （三）首聯對仗

首聯的對仗是可用可不用的。首聯用了對仗，並不因此減少中兩聯的對仗。凡是首聯用對仗的律詩，實際上常常是用了總共三聯的對仗。

五律首聯用對仗的較多，七律首聯用對仗的較少。主要原因是五律首句不入韻的較多，七律首句不入韻的較少。但是，這個原因不是絕對的，在首句入韻的情況下，首聯用對仗還是可能的。上文所引的律詩中，已有一些首聯對仗的例子[45]。現在再舉兩個例子：

### 春夜別友人

［唐］陳子昂

銀燭吐青煙，金樽對綺筵。
離堂思琴瑟，別路繞山川。
明月隱高樹，長河沒曉天。
悠悠洛陽去，此會在何年[46]？
（首聯對仗，首句入韻）

### 恨別

［唐］杜甫

洛城一別四千里，胡騎長驅五六年。
草木變衰行劍外，兵戈阻絕老江邊。
思家步月清宵立，憶弟看雲白日眠。

45 如杜甫《春望》、《秦州雜詩》等。

46 「離堂」句連用四個平聲，是特殊的拗句，是律詩尚未定型化的現象。「悠悠」句是普通的拗句，用在第七句。

聞道河陽近乘勝，司徒急為破幽燕[47]。

（首聯對仗，首句不入韻。）

### （四）尾聯對仗

尾聯一般是不用對仗的。到了尾聯，一首詩要結束了；對仗是不大適宜於作結束語的。

但是，也有少數的例外。例如：

#### 聞官軍收河南河北

［唐］杜甫

劍外忽傳收薊北，初聞涕淚滿衣裳。
卻看妻子愁何在？漫卷詩書喜欲狂[48]！
白日放歌須縱酒，青春作伴好還鄉。
即從巴峽穿巫峽，便下襄陽向洛陽。

這詩最後兩句是一氣呵成的，是一種流水對（關於流水對，詳見下文）。還是和一般對仗不大相同的[49]。

### （五）少於兩聯的對仗

律詩固然以中兩聯對仗為原則，但是在特殊情況下，對仗可以少於兩聯。這樣，就只剩下一聯對仗了。



47 騎：去聲。看：平聲。乘：平聲。為：去聲。「聞道」句是普通的拗句，用在第七句。

48 看：平聲。

49 全篇用對仗（首聯、頷聯、頸聯、尾聯都用對仗），也是比較少見的。例如杜甫《垂白》：「垂白馮唐老，清秋宋玉悲。江喧長少睡，樓迥獨移時。多難身何補？無家病不辭！甘從千日醉，未許七哀詩。」但是尾聯半對半不對的就比較多見。例如杜甫《登高》尾聯是：「艱難苦恨繁霜鬢，潦倒新停濁酒杯。」

這種單聯對仗，比較常見的是用於頸聯[50]。例如：

### 塞下曲（其一）

［唐］李白

五月天山雪，無花只有寒。
笛中聞折柳，春色未曾看。
曉戰隨金鼓，宵眠抱玉鞍。
願將腰下劍，直為斬樓蘭。[51]

### 與諸子登峴山

［唐］孟浩然

人事有代謝，往來成古今。
江山留勝跡，我輩復登臨。
水落魚梁淺，天寒夢澤深。
羊公碑尚在，讀罷淚沾襟。

## （六）長律的對仗

長律的對仗和律詩同，只有尾聯不用對仗，首聯可用可不用，其餘各聯一律用對仗。例如：

### 守睢陽詩

［唐］張巡

接戰春來苦，孤城日漸危。

50 也可以用於頷聯，如李白《宿五松山下荀媼家》，頁〇八五。甚至可以全首不用對仗。如李白《夜泊牛渚懷古》，因為不是常規，所以不詳談了。

51 看：平聲。為：去聲。

合圍侔月暈，分守若魚麗。
屢厭黃塵起，時將白羽麾。
裹創猶出陣，飲血更登陴。
忠信應難敵，堅貞諒不移。
無人報天子，心計欲何施[52]！

## 學諸進士作精衛銜石填海

［唐］韓愈

鳥有償冤者，終年抱寸誠。
口銜山石細，心望海波平。
渺渺功難見，區區命已輕。
人皆譏造次，我獨賞專精。
豈計休無日，惟應盡此生[53]。
何慚刺客傳，不著報讎名！

### （七）對仗的講究

律詩的對仗，有許多講究，現在揀重要的談一談。

#### (1) 工對

凡同類的詞相對，叫做工對。名詞既然分為若干小類，同一小類的詞相對，便是工對。有些名詞雖不同小類，但是在語言中經常平列，如天地、詩酒、花鳥等，也算工對。反義詞也算工對。例如李白《塞下曲》的「曉戰隨金鼓，宵眠

52 「麗」、「創」，都是平聲。末聯出句「平平仄平仄」，是特定的平仄格式，用在這裏等於律詩的第七句。

53 應：平聲。

抱玉鞍」，就是工對。

句中自對而又兩句相對，算是工對。像杜甫詩中的「國破山河在，城春草木深」，山與河是地理，草與木是植物，對得已經工整了，於是地理對植物也算工整了。

在一個對聯中，只要多數字對得工整，就是工對。例如毛主席《送瘟神》（其二）:「紅雨隨心翻作浪，青山着意化為橋。天連五嶺銀鋤落，地動三河鐵臂搖。」「紅」對「青」，「着意」對「隨心」，「翻作」對「化為」，「天連」對「地動」，「五嶺」對「三河」，「銀」對「鐵」，「落」對「搖」，都非常工整；而「雨」對「山」，「浪」對「橋」，「鋤」對「臂」，名詞對名詞，也還是工整的。

超過了這個限度，那不是工整，而是纖巧。一般地說，宋詩的對仗比唐詩纖巧，但是宋詩的藝術水平反而比較低。

同義詞相對，似工而實拙。《文心雕龍》說:「反對為優，正對為劣[54]。」同義詞比一般正對自然更「劣」。像杜甫《客至》:「花徑不曾緣客掃，蓬門今始為君開」，「緣」與「為」就是同義詞。因為它們是虛詞（介詞），不是實詞，所以不算缺點。再說，在一首詩中，偶然用一對同義詞也不要緊，多用就不妥當了。出句與對句完全同義（或基本上同義），叫做「合掌」，更是詩家的大忌。

**(2) 寬對**

形式服從於內容，詩人不應該為了追求工對而損害了思想內容。同一詩人，在這一首詩中用工對，在另一首詩用寬對，那完全是看具體情況來決定的。

寬對和工對之間有鄰對，即鄰近的事類相對。例如天

54 劉勰:《文心雕龍·麗辭》。

文對時令，地理對宮室，顏色對方位，同義詞對連綿字，等等。王維《使至塞上》:「征蓬出漢塞，歸雁入胡天」，以「天」對「塞」是天文對地理；陳子昂《春夜別友人》:「離堂思琴瑟，別路繞山川」，以「路」對「堂」是地理對宮室。這類情況是很多的。

稍為更寬一點，就是名詞對名詞，動詞對動詞，形容詞對形容詞等，這是最普通的情況。

又更寬一點，那就是半對半不對了。首聯的對仗本來可用可不用，所以首聯半對半不對自然是可以的。陳子昂的「**匈奴猶**未滅，**魏絳復**從戎」，李白的「渡遠**荊門**外，來從**楚國**遊」就是這種情況。如果首句入韻，半對半不對的情況就更多一些。頷聯的對仗本來就不像頸聯那樣嚴格，所以半對半不對也是比較常見的。杜甫的「**遙憐**小兒女，**未解**憶長安」就是這種情況。現在再舉毛主席的詩為證：

**贈柳亞子先生**

毛澤東

飲茶粵海未能忘，索句渝州葉正黃。
三十一年還舊國，落花時節讀華章[55]。
牢騷太盛防腸斷，風物長宜放眼量。
莫道昆明池水淺，觀魚勝過富春江。

**(3) 借對**

一個詞有兩個意義，詩人在詩中用的是甲義，但是同

55 「三十一年」和「落花時節」，在整個意思上還是對仗。特別是「年」和「節」，本來是時令對。

時借用它的乙義來與另一詞相為對仗，這叫借對。例如杜甫《巫峽敝廬奉贈侍御四舅》「行李淹吾舅，誅茅問老翁」，「行李」的「李」並不是桃李的「李」，但是詩人借用桃李的「李」的意義來與「茅」字作對仗。又如杜甫《曲江》「酒債尋常行處有，人生七十古來稀」，古代八尺為尋，兩尋為常，所以借來對數目字「七十」。

有時候，不是借意義，而是借聲音。借音多見於顏色對，如借「籃」為「藍」，借「皇」為「黃」，借「滄」為「蒼」，借「珠」為「朱」，借「清」為「青」等。杜甫《恨別》:「思家步月清宵立，憶弟看雲白日眠」，以「清」對「白」，又《赴青城縣出成都寄陶王二少尹》:「東郭滄江合，西山白雪高」，以「滄」對「白」，就是這種情況。

**(4) 流水對**

對仗，一般是平行的兩句話，它們各有獨立性。但是，也有一種對仗是一句話分成兩句說，其實十個字或十四個字只是一個整體，出句獨立起來沒有意義，至少是意義不全。這叫流水對。現在從上文所引過的詩篇中摘出下面的一些例子：

即從巴峽穿巫峽，便下襄陽向洛陽。(杜甫)

人憐巧語情雖重，鳥憶高飛意不同。(白居易)

塞上長城空自許，鏡中衰鬢已先斑。(陸游)

總之，律詩的對仗不像平仄那樣嚴格，詩人在運用對仗時有更大的自由。藝術修養高的詩人常常能夠成功地運用工整的對仗，來做到更好地表現思想內容，而不是損害思想內容。遇必要時，也能夠擺脫對仗的束縛來充分表現自己的意境。無原則地追求對仗的纖巧，那就是庸俗的作風了。

## 第五節　絕句

上文說過，絕句應該分為律絕和古絕。律絕是律詩興起以後才有的，古絕遠在律詩出現以前就有了。這裏我們就把兩種絕句分開來討論。

### （一）律絕

律絕跟律詩一樣，押韻限用平聲韻腳，並且依照律句的平仄，講究粘對。

#### （甲）五言絕句

（1）仄起式

仄⃝仄平平仄，平平仄仄平。

平⃝平平仄仄，仄⃝仄仄平平。

**登鸛雀樓**

［唐］王之渙

白日依山盡，黃河入海流。

欲窮千里目，更上一層樓。

另一式，第一句改為仄⃝仄仄平平，其餘不變。

（2）平起式

平⃝平平仄仄，仄⃝仄仄平平。

仄⃝仄平平仄，平平仄仄平。

### 聽箏

［唐］李端

鳴箏金粟柱，素手玉房前。
欲得周郎顧，時時誤拂絃。

另一式，第一句改為平平仄仄平，其餘不變。

## （乙）七言絕句

（1）仄起式

(仄)仄平平仄仄平，(平)平(仄)仄仄平平。
(平)平(仄)仄平平仄，(仄)仄平平仄仄平。

### 為女民兵題照

毛澤東

颯爽英姿五尺槍，曙光初照演兵場。
中華兒女多奇志，不愛紅裝愛武裝。

另一式，第一句改為(仄)仄(平)平平仄仄，其餘不變。

（2）平起式

(平)平(仄)仄仄平平，(仄)仄平平仄仄平。
(仄)仄(平)平平仄仄，(平)平(仄)仄仄平平。

## 早發白帝城

［唐］李白

朝辭白帝彩雲間，千里江陵一日還。
兩岸猿聲啼不住，輕舟已過萬重山。

另一式，第一句改為㊥平㊀仄平平仄，其餘不變。

跟律詩一樣，五言絕句首句以不入韻為常見，七言絕句首句以入韻為常見；五言絕句以仄起為常見，七言絕句以平起為常見[56]。

跟律詩一樣，律絕必須依照韻書的韻部押韻。晚唐以後，首句用鄰韻是容許的。

跟律詩一樣，律絕可以用特定的格式[57]。例如：

## 宿建德江

［唐］孟浩然

移舟泊煙渚，日暮客愁新[58]。
野曠天低樹，江清月近人。

## 飲湖上初晴後雨

［宋］蘇軾

水光瀲灩晴方好，山色空濛雨亦奇。



56 依平仄類型來看，七言平起式等於五言仄起式，七言仄起式等於五言平起式。五言平起式相當少見，七言仄起式則比較平起式稍為少些罷了。

57 五言除平平仄平仄以外，還有一種比較罕見的拗句是㊀仄㊥仄仄；七言除㊀仄平平仄平仄以外，還有一種比較罕見的拗句是平平㊀仄㊥仄仄。這一點也與律詩相同。李商隱《登樂遊原》「向晚意**不適**，驅車**登**古**原**」，就是這種情況。

58 泊：入聲。煙：平聲。

欲把西湖比西子，淡妝濃抹總相宜[59]。

跟律詩一樣，律絕要避免孤平。五言「平平仄仄平」第一字用了仄聲，則第三字必須是平聲；七言「仄仄平平仄仄平」第三字用了仄聲，則第五字必須是平聲。例如：

### 夜宿山寺

［唐］李白

危樓高百尺，手可摘星辰。
不敢高聲語，恐驚天上人[60]。

### 回鄉偶書

［唐］賀知章

少小離家老大回，鄉音無改鬢毛衰。
兒童相見不相識，笑問客從何處來[61]。
（「不」、「客」二字拗，「何」字救，參看上文）

絕句，原則上可以不用對仗。上面所引八首絕句當中，就有五首是不用對仗的。現在再舉兩個例子：

### 泊秦淮

［唐］杜牧

煙籠寒水月籠沙，夜泊秦淮近酒家。

59 比：上聲。西：平聲。
60 恐：上聲。天：平聲。
61 不、客：入聲。何：平聲。

商女不知亡國恨，隔江猶唱後庭花。

## 塞下曲（其二）

［唐］盧綸

月黑雁飛高，單于夜遁逃。
欲將輕騎逐，大雪滿弓刀。

如果用對仗，往往用在首聯。上面所引的絕句已有一首（蘇軾《飲湖上初晴後雨》）是在首聯用對仗的，現在再舉兩首為例：

## 八陣圖

［唐］杜甫

功蓋三分國，名成八陣圖。
江流石不轉，遺恨失吞吳。

## 郿塢

［宋］蘇軾

衣中甲厚行何懼？塢裏金多退足憑。
畢竟英雄誰得似？臍脂自照不須燈！

但是，尾聯用對仗，也不是少見的。像上文所引孟浩然的《宿建德江》，就是尾聯用對仗的。首尾兩聯都用對仗，也就是全篇用對仗，也不是少見的。上面所引王之渙《登鸛雀樓》是全篇用對仗的。下面再引兩個例子，一個是首聯半對半不對，一個是全篇完全用對仗：

### 塞下曲

［唐］李益

伏波唯願裹屍還，定遠何須生入關？
莫遣隻輪歸海窟，仍留一箭射天山。

### 絕句四首（其三）

［唐］杜甫

兩個黃鸝鳴翠柳，一行白鷺上青天。
窗含西嶺千秋雪，門泊東吳萬里船。

有人說，「絕句」就是截取律詩的四句，這話如果用來解釋「絕句」名稱的來源，那是不對的，但是以平仄對仗而論，絕句確是截取律詩的四句：或截取前後二聯，不用對仗；或截取中二聯，全用對仗；或截取前二聯，首聯不用對仗；或截取後二聯，尾聯不用對仗。

## （二）古絕

古絕既然是和律絕對立的，它就是不受律詩格律束縛的。它是古體詩的一種。凡合於下面的兩種情況之一的，應該認為是古絕：

(1) 用仄韻；

(2) 不用律句的平仄，有時還不粘、不對。

當然，有些古絕是兩種情況都具備的。

上文說過，律詩一般是用平聲韻的，因此，律絕也是用平聲韻的。如果用了仄聲韻，那就可以認為古絕。例如：

## 憫農（二首）

［唐］李紳

春種一粒粟，秋成萬顆子。
四海無閒田，農夫猶餓死。

鋤禾日當午，汗滴禾下土。
誰知盤中餐，粒粒皆辛苦！

## 江上漁者

［宋］范仲淹

江上往來人，但愛鱸魚美。
君看一葉舟，出沒風波裏[62]！

從上面所引的三首絕句中，已經可以看出，古絕是可以不依律句的平仄的。李紳《憫農》的「春種」句一連用了三個仄聲，「誰知」句一連用了五個平聲。范仲淹的《江上漁者》用了四個律句，但是首聯平仄不對，尾聯出句不粘，也還是不合律詩的規則的。

即使用了平聲韻，如果不用律句，也只能算是古絕。例如：

## 夜思

［唐］李白

床前明月光，疑是地上霜。
舉頭望明月，低頭思故鄉。

62　看：平聲。

「疑是」句用「平仄仄仄平」，不合律句。「舉頭」句不粘，「低頭」句不對，所以是古絕。

五言古絕比較常見，七言古絕比較少見。現在試舉杜甫的兩首七言古絕為例：

### 三絕句（錄二）

［唐］杜甫

二十一家同入蜀，惟殘一人出駱谷。
自說二女嚙臂時，回頭卻向秦雲哭。

殿前兵馬雖驍雄，縱暴略與羌渾同。
聞道殺人漢水上，婦女多在官軍中。

第一首「惟殘」句用「平平仄平仄仄仄」，「自說」句用「仄仄仄仄仄仄平」不合律句。尾聯與首聯不粘，而且用了仄聲韻。第二首「縱暴」句用「仄仄仄仄平平平」，「婦女」句用「仄仄平仄平平平」，都不合律句。「殿前」句也不盡合。

當然，古絕和律絕的界限並不是十分清楚的，因為在律詩興起了以後，即使寫古絕，也不能完全不受律句的影響。這裏把它們分為兩類，只是要說明絕句既不可以完全歸入古體詩，也不可以完全歸入近體詩罷了。

## 第六節　古體詩

古體詩除了押韻之外不受任何格律的束縛，這是一種半自由體的詩。現在把古體詩的韻、平仄、對仗等，並在一節裏敘述。

### （一）古體詩的韻

古體詩既可以押平聲韻，又可以押仄聲韻。在仄聲韻當中，還要區別上聲韻、去聲韻、入聲韻。一般地說，不同聲調是不可以押韻的。我們在本章第二節講律詩的韻的時候，已經把平聲三十韻交代過了，現在再把上聲二十九韻、去聲三十韻、入聲十七韻開列在下面：

**上聲二十九韻**

| | | |
|---|---|---|
| 一董 | 二腫 | 三講 |
| 四紙 | 五尾 | 六語 |
| 七麌 | 八薺 | 九蟹 |
| 十賄 | 十一軫 | 十二吻 |
| 十三阮 | 十四旱 | 十五潸 |
| 十六銑 | 十七篠 | 十八巧 |
| 十九皓 | 二十哿 | 二十一馬 |
| 二十二養 | 二十三梗 | 二十四迥 |
| 二十五有 | 二十六寑 | 二十七感 |
| 二十八儉 | 二十九豏[63] | |

63　麌：讀 yǔ。薺：讀 jì。潸：讀 shān。銑：讀 xiǎn。篠：讀 xiǎo。哿：讀 gě。豏：讀 xiàn。

### 去聲三十韻

| | | |
|---|---|---|
| 一送 | 二宋 | 三絳 |
| 四寘 | 五未 | 六御 |
| 七遇 | 八霽 | 九泰 |
| 十卦 | 十一隊 | 十二震 |
| 十三問 | 十四願 | 十五翰 |
| 十六諫 | 十七霰 | 十八嘯 |
| 十九效 | 二十號 | 二十一箇 |
| 二十二禡 | 二十三漾 | 二十四敬 |
| 二十五徑 | 二十六宥 | 二十七沁 |
| 二十八勘 | 二十九豔 | 三十陷[64] |

### 入聲十七韻

| | | |
|---|---|---|
| 一屋 | 二沃 | 三覺 |
| 四質 | 五物 | 六月 |
| 七曷 | 八黠 | 九屑 |
| 十藥 | 十一陌 | 十二錫 |
| 十三職 | 十四緝 | 十五合 |
| 十六葉 | 十七洽 | |

古體詩用韻，比律詩稍寬；一韻獨用固然可以，兩個以上的韻通用也行。但是，所謂通用也不是隨便亂來的，必須是鄰韻才能通用。依一般情況看來，平、上、去三聲各可分為十五類，如下表：

64　寘：讀 zhì。霰：讀 xiàn。禡：讀 mà。沁：讀 qìn。

第一類：平聲東冬；上聲董腫；去聲送宋。

第二類：平聲江陽；上聲講養；去聲絳漾。

第三類：平聲支微齊，上聲紙尾薺，去聲寘未霽。

第四類：平聲魚虞，上聲語麌；去聲御遇。

第五類：平聲佳灰，上聲蟹賄，去聲泰卦隊。

第六類：平聲真文及元半，上聲軫吻及阮半，去聲震問及願半[65]。

第七類[66]：平聲寒刪先及元半，上聲旱潸銑及阮半，去聲翰諫霰及願半。

第八類：平聲蕭肴豪，上聲篠巧皓，去聲嘯效號。

第九類：平聲歌，上聲哿，去聲箇。

第十類：平聲麻，上聲馬，去聲禡。

第十一類：平聲庚青，上聲梗迥，去聲敬徑。

第十二類：平聲蒸[67]。

第十三類：平聲尤，上聲有，去聲宥。

第十四類：平聲侵，上聲寢，去聲沁。

第十五類：平聲覃鹽咸，上聲感儉豏，去聲勘豔陷。

入聲可分為八類：

第一類：屋沃。

第二類：覺藥。

第三類：質物及月半。



65 這裏所說的元半、阮半、願半及下面所說的月半，具體的字可參看附錄《詩韻舉要》。

66 第六類和第七類也可以通用。

67 蒸韻上去聲字少，歸入迥徑兩韻。

第四類[68]：曷黠屑及月半。

第五類：陌錫。

第六類：職。

第七類：緝。

第八類：合葉洽。

注意：在歸併為若干大類以後，仍舊有七個韻是獨用的。這七個韻是：

歌　麻　蒸　尤　侵　職　緝[69]

現在試舉一些例子為證：

## 古風五十九首（錄二）

［唐］李白

其十四

胡關饒風沙，蕭索竟終古。
木落秋草黃，登高望戎虜。
荒城空大漠，邊邑無遺堵。
白骨橫千霜，嵯峨蔽榛莽[70]。
借問誰侵陵？天驕毒威武。
赫怒我聖皇，勞師事鼙鼓。
陽和變殺氣，發卒騷中土。

68　第三類和第四類也可以通用。

69　不舉上去聲韻，因為在這七個韻當中，除尤韻的上聲有韻外，其餘上去聲韻是罕用的。

70　莽：讀 mǔ。

三十六萬人，哀哀淚如雨。
且悲就行役，安得營農圃？
不見征戍兒，豈知關山苦？
李牧今不在，邊人飼豺虎。
（全篇麌韻獨用。）

其十九

西上蓮花山，迢迢見明星。
素手把芙蓉，虛步躡太清。
霓裳曳廣帶，飄拂升天行。
邀我登雲台，高揖衛叔卿。
恍恍與之去，駕鴻凌紫冥。
俯視洛陽川，茫茫走胡兵。
流血塗野草，豺狼盡冠纓。
（「清」、「行」、「卿」、「兵」、「纓」，庚韻；「星」、「冥」，青韻）

## 傷宅

［唐］白居易

誰家起甲第，朱門大道邊？
豐屋中櫛比，高牆外回環。
纍纍六七堂，棟宇相連延。
一堂費百萬，鬱鬱有青煙。
洞房溫且清，寒暑不能干。
高堂虛且迥，坐臥見南山。
繞廊紫藤架，夾砌紅藥欄。
攀枝摘櫻桃，帶花移牡丹。

主人此中坐，十載為大官。
廚有腐敗肉，庫有貫朽錢。
誰能將我語，問爾骨肉間：
豈無窮賤者？忍不救飢寒？
如何奉一身，直欲保千年？
不見馬家宅，今作奉誠園？

（「邊」、「延」、「煙」、「錢」、「年」，先韻；「園」，元韻；「干」、「欄」、「丹」、「官」、「寒」，寒韻；「環」、「山」、「間」，刪韻）

## 醉歌

［宋］陸游

讀書三萬卷，仕宦皆束閣；
學劍四十年，虜血未染鍔。
不得為長虹，萬丈掃寥廓；
又不為疾風，六月送飛雹。
戰馬死槽櫪，公卿守和約。
窮邊指淮淝，異域視京雒。
於乎此何心？有酒吾忍酌？
平生為衣食，斂版靴兩腳。
心雖了是非，口不給唯諾。
如今老且病，鬢禿牙齒落。
仰天少吐氣，餓死實差樂！
壯心埋不朽，千載猶可作！

（「雹」，覺韻；其餘的韻腳都是藥韻）

從上面這些例子可以看出，古體詩雖然可以通韻，但是詩人們不一定每次都用通韻。例如李白《古風》第十四首就以麌韻獨用，不雜語韻字。特別要注意的是：上聲和去聲有時可以通韻，但是平仄不能通韻，入聲字更不能與其他各聲通韻。試看陸游《醉歌》除了一個「雹」字，一律都用藥韻字。就拿「雹」字來說，它也是入聲，並且是覺韻字。覺、藥是鄰韻，本來可以跟藥韻相通的。

古體詩的用韻，是因時代而不同的。實際語音起了變化，押韻也就不那麼嚴格。中晚唐用韻已經稍寬，到了宋代以後，古風的用韻就更寬了。

### （二）柏梁體

有一種七言古詩是每句押韻的，稱為柏梁體。據說漢武帝建築柏梁台，與群臣聯句賦詩，句句用韻，所以這種詩稱為柏梁體。其實鮑照以前的七言詩（如曹丕的《燕歌行》）都是句句用韻的，古代並非另有一種隔句用韻的七言詩。等到南北朝以後，七言詩變為隔句用韻了，句句用韻的七言詩才變了特殊的詩體。

下面是柏梁體的一個例子：

#### 飲中八仙歌

［唐］杜甫

知章騎馬似乘船，眼花落井水底眠。
汝陽三斗始朝天，道逢麴車口流涎，恨不移封向酒泉。
左相日興費萬錢，飲如長鯨吸百川，銜杯樂聖稱避賢。
宗之瀟灑美少年，舉觴白眼望青天，皎如玉樹臨風前。
蘇晉長齋繡佛前，醉中往往愛逃禪。
李白一斗詩百篇，長安市上酒家眠。

天子呼來不上船，自稱臣是酒中仙。
張旭三杯草聖傳，脫帽露頂王公前，揮毫落紙如雲煙。
焦遂五斗方卓然，高談雄辯驚四筵。

也有一些七言古詩，基本上是柏梁體，但是稍有變通。例如：

## 麗人行

［唐］杜甫

三月三日天氣新，長安水邊多麗人。
態濃意遠淑且真，肌理細膩骨肉勻。
繡羅衣裳照暮春，蹙金孔雀銀麒麟。
頭上何所有？翠微盍葉垂鬢脣。
背後何所見？珠壓腰衱穩稱身。
就中雲幕椒房親，賜名大國虢與秦。
紫駝之峰出翠釜，水精之盤行素鱗。
犀箸厭飫久未下，鑾刀縷切空紛綸。
黃門飛鞚不動塵，御廚絡繹送八珍。
簫鼓哀吟感鬼神，賓從雜遝實要津。
後來鞍馬何逡巡，當軒下馬入錦茵。
楊花雪落覆白蘋，青鳥飛去銜紅巾。
炙手可熱勢絕倫，慎莫近前丞相嗔。

## （三）換韻

律詩是一韻到底的。古體詩固然可以一韻到底[71]，但也可以換韻，而且可以換幾次韻。換韻的方式是多種多樣的，可以每兩句一換韻，四句一換韻，六句一換韻，也可以多到十幾句才換韻；可以連用兩個平聲韻，連用兩個仄聲韻，也可以平仄韻交替。現在舉幾個例子：

### 石壕吏

［唐］杜甫

暮投石壕村△1，有吏夜捉人△1。
老翁踰牆走，老婦出門看△1[72]。
吏呼一何怒△2！婦啼一何苦△2！
聽婦前致詞，三男鄴城戍△2。
一男附書至△3，二男新戰死△3。
存者且偷生，死者長已矣△3！
室中更無人△4，惟有乳下孫△4。
有孫母未去，出入無完裙△4。
老嫗力雖衰△5，請從吏夜歸△5。
急應河陽役，猶得備晨炊△5。
夜久語聲絕△6，如聞泣幽咽△6。
天明登前途，獨與老翁別△6。

（「村」，元韻；「人」，真韻；「看」，寒韻。真、元、寒通韻。「怒」、「戍」，遇韻；「苦」，麌韻。麌、遇上去通韻。「至」，寘韻；「死」、「矣」，紙韻。紙、寘上去通韻。「人」，真韻；

71　柏梁體必須一韻到底。

72　一本作「出看門」。

「孫」，元韻；「裙」，文韻。真、文、元通韻。「衰」、「炊」，支韻；「歸」，微韻。支、微通韻。「絕」、「咽」、「別」，屑韻）

## 白雪歌

［唐］岑參

北風卷地白草折△1，胡天八月即飛雪△1。
忽如一夜春風來△2，千樹萬樹梨花開△2。
散入珠簾濕羅幕△3，狐裘不暖錦衾薄△3。
將軍角弓不得控，都護鐵衣冷難着△3。
瀚海闌干百丈冰△4，愁雲慘淡萬里凝△4。
中軍置酒飲歸客△5，胡琴琵琶與羌笛△5。
紛紛暮雪下轅門△6，風掣紅旗凍不翻△6。
輪台東門送君去△7，去時雪滿天山路△7。
山回路轉不見君，雪上空留馬行處△7。

（「折」、「雪」，屑韻。「來」、「開」，灰韻。「幕」、「薄」、「着」，藥韻。「冰」、「凝」，蒸韻。「客」，陌韻；「笛」，錫韻。陌、錫通韻。「門」、「翻」，元韻。「去」、「處」，御韻；「路」，遇韻。御、遇通韻）

注意：換韻的第一句，一般總是押韻的。近體詩首句往往押韻，古體詩在這一點可能是受了近體詩的影響。

### （四）古體詩的平仄

古體詩的平仄並沒有任何規定。既然唐代以前的詩在平仄上沒有明確的規則，那麼，唐宋以後所謂古風在平仄上也應該完全是自由的。但是，有些詩人在寫古體詩的時候，着意避免律句，於是無形中造成一種風氣，要讓古體詩盡可能和律詩的形式區別開來，區別得越明顯越好，以為這樣才顯得風格高古。具體的做法是盡可能多用拗句，不但用律詩所容許的那一兩種拗句，而且用一切可能的拗句。我們可以從兩方面看拗句：

（1）從三字尾看，常見的拗句有下列的四種三字尾：

（a）平平平。這種句式叫做三平調，是古體詩中最明顯的特點。

（b）平仄平。

（c）仄仄仄。

（d）仄平仄。

（2）從全句的平仄看，拗句的平仄不是交替的，而是相因的。或者是第二、第四字都仄，或者是第二、第四字都平。如果是七字句，還有第四、第六字都仄或都平。

試拿岑參《白雪歌》開始的八句來看，合乎第一種情況的有三句，即「胡天八月即飛雪」，「忽如一夜春風來」，「狐裘不暖錦衾薄」，合乎第二種情況（同時也合乎第一種情況）的有五句，即「北風卷地白草折」，「千樹萬樹梨花開」，「散入珠簾濕羅幕」，「將軍角弓不得控」，「都護鐵衣冷難着」。

現在再舉一個例子：

**歲晏行**

［唐］杜甫

歲云暮矣多北風，瀟湘洞庭白雪中。
漁父天寒網罟凍，莫徭射雁鳴桑弓。

去年米貴闕軍食，今年米賤大傷農。
高馬達官厭酒肉，此輩杼軸茅茨空。
楚人重魚不重鳥，汝休枉殺南飛鴻。
況聞處處鬻男女，割慈忍愛還租庸。
往日用錢捉私鑄，今許鉛錫和青銅。
刻泥為之最易得，好惡不合長相蒙。
萬國城頭吹畫角，此曲哀怨何時終？

在這一首詩中，只有兩個律句（「今年米賤大傷農」、「萬國城頭吹畫角」），其餘都是拗句，而且在九個平腳的句子當中就有七句是三平調。可見不是偶然的。

當然，不拘粘對也是古體詩的特點之一，這裏不詳細討論了。

### （五）古體詩的對仗

古體詩的對仗是極端自由的。一般不講究對仗，如果有些地方用了對仗，也只是修辭上的需要，而不是格律上的要求。像杜甫《歲晏行》這樣一首相當長的詩，全篇沒有用一處對仗；岑參《白雪歌》只用了一個對仗，即「將軍角弓不得控，都護鐵衣冷難着」，也還只是一種寬對。並且要注意：古體詩的對仗和近體詩的對仗有下列的兩點不同：

（1）在近體詩中，同字不相對；古體詩則同字可以相對。如杜甫《石壕吏》:「老翁踰牆走，老婦出門看。」

（2）在近體詩中，對仗要求平仄相對，古體詩則不要求平仄相對。如白居易《傷宅》:「攀枝摘櫻桃，帶花移牡丹。」又如岑參《白雪歌》:「將軍角弓不得控，都護鐵衣冷難着。」

古代詩人們在近體詩中對仗求其工，在古體詩中對仗求其拙。在他們看來，拙和高古是有關係的。其實並不必着意求拙，只須純任自然，不受任何束縛就好了。

### （六）長短句（雜言詩）

我們在第一節裏講過，古體詩有雜言的一體。雜言，也就是長短句，從三言到十一言，可以隨意變化。不過，篇中多數句子還是七言，所以雜言算是七言古詩。

雜言詩由於句子的長短不受拘束，首先就給人一種奔放排奡的感覺。最擅長雜言詩的詩人是李白，他在詩中兼用散文的語法，更加令人感覺到，這是跟一般五七言古詩完全不同的一種詩體。現在試舉他的一首雜言詩為例：

#### 蜀道難

［唐］李白

噫吁嚱，危乎高哉！蜀道之難難於上青天！蠶叢及魚鳧，開國何茫然！爾來四萬八千歲，不與秦塞通人煙。西當太白有鳥道，可以橫絕峨眉巔。地崩山摧壯士死，然後天梯石棧相鈎連。上有六龍回日之高標，下有衝波逆折之回川。黃鶴之飛尚不得過，猿猱欲度愁攀援[73]。青泥何盤盤！百步九折縈岩巒。捫參歷井仰脅息，以手撫膺坐長嘆[74]。問君西遊何時還？畏途巉岩不可攀。但見悲鳥號古木，雄飛雌從繞林間。又聞子規啼夜月，愁空山。蜀道之難難於上青天，使人聽此凋朱顏。連峰去天不盈尺，枯松

73 援：一作「緣」。

74 嘆：平聲，讀如「灘」。

倒掛倚絕壁。飛湍瀑流爭喧豗，砅崖轉石萬壑雷。其險也若此，嗟爾遠道之人胡為乎來哉？劍閣崢嶸而崔嵬，一夫當關，萬夫莫開。所守或匪親，化為狼與豺。朝避猛虎，夕避長蛇；磨牙吮血，殺人如麻。錦城雖云樂，不如早還家。蜀道之難難於上青天，側身西望長咨嗟。

## （七）入律的古風

講到這裏，古體詩和近體詩的分別非常明顯了。但是，並不是所有的古體詩都和近體詩迥然不同的。上文說過，律詩產生以後，詩人們即使寫古體詩，也不可能完全不受律詩的影響。有些詩人在寫古體詩時還注意粘對（只管第二字，不管第四字），另有一些詩人，不但不避律句，而且還喜歡用律句。這種情況，在七言古風中更為突出。我們試看初唐王勃所寫的著名的《滕王閣》詩：

### 滕王閣

［唐］王勃

滕王高閣臨江渚，佩玉鳴鑾罷歌舞。
畫棟朝飛南浦雲，珠簾暮卷西山雨。
閒雲潭影日悠悠，物換星移幾度秋。
閣中帝子今何在？檻外長江空自流！

這首詩平仄合律，粘對基本上合律[75]，簡直是兩首律絕連在一

75 「閣中」句不粘，是由於初唐律詩尚未定型化，上文討論王維的詩時已經講到。

起，不過其中一首是仄韻絕句罷了。注意：這種仄韻與平韻的交替，四句一換韻，到後來成為入律古風的典型。高適、王維等人的七言古風，基本上是依照這個格式的。現在試舉高適的一個例子：

## 燕歌行

［唐］高適

漢家煙塵在東北，漢將辭家破殘賊。
男兒本自重橫行，天子非常賜顏色。
摐金伐鼓下榆關，旌旆逶迤碣石間。
校尉羽書飛瀚海，單于獵火照狼山。
山川蕭條極邊土，胡騎憑陵雜風雨[76]。
戰士軍前半死生，美人帳下猶歌舞。
大漠窮秋塞草衰，孤城落日鬥兵稀。
身當恩遇常輕敵，力盡關山未解圍。
鐵衣遠戍辛勤久，玉筯應啼別離後[77]。
少婦城南欲斷腸，征人薊北空回首。
邊風飄飄那可度，絕域蒼茫更何有？
殺氣三時作陣雲，寒聲一夜傳刁斗。
相看白刃血紛紛，死節從來豈顧勳？
君不見沙場征戰苦，至今猶憶李將軍[78]！

這一首古風有很多的律詩特點，主要表現在：

（1）篇中各句基本上都是律句，或準律句（即㊀仄平平

76　騎：去聲。

77　後：上聲。

78　「君不見」，這是七言古詩中常見的句首語。這句話應看作三字加五字。

仄平仄）。

(2) 基本上依照粘對的規則，特別是出句和對句的平仄完全是對立的。

(3) 基本上四句一換韻，每段都像一首平韻絕句或仄韻絕句；其中有一韻是八句的，像仄韻律詩。

(4) 仄聲韻與平聲韻完全是交替的。

(5) 韻部完全依照韻書，不用通韻。

(6) 大量地運用對仗，而且多數是工對。

就古風入律不入律這一點看，高適、王維是一派（入律），後來白居易、陸游等人是屬於這一派的；李白、杜甫是另一派（不入律），後來韓愈、蘇軾是屬於這另一派的。白居易、元稹等人所提倡的「元和體」，實際上是把入律的古風加以靈活的運用罷了。

由上所述，我們可以看見，在古體詩的名義下，有各種不同的體裁，其中有些體裁相互間顯示着很大的差別。雜言古體詩與入律的古風可以說是兩個極端。五言古詩與七言古詩也不相同：五古不入律的較多，七古入律的較多。當然也有例外，像柏梁體就不可能是入律的古風。從各種不同的角度去看各種「古風」，才不至於懷疑它們的格律是不可捉摸的。

# 第六章
## 五言絕句和七言絕句

## 第一節　五言絕句

絕句都是四句。五言絕句可以分為律絕和古絕兩種。現在先談律絕。律絕一般只用平聲韻，而平仄格式則有四種。第三章裏所講的平仄格式是第一種：

(仄)仄平平仄　平平仄仄平△
(平)平平仄仄　(仄)仄仄平平△

這裏有四種句式：第一種句式是平仄腳，第二種句式是仄平腳，第三種句式是仄仄腳，第四種句式是平平腳。這四種句式是所有變化的基礎，四種五言絕句都是由這四種句式錯綜變化而成的。

第二種五言絕句只是把第一種的前半首和後半首對調了一下：

(平)平平仄仄　(仄)仄仄平平△
(仄)仄平平仄　平平仄仄平△

**聽箏**

［唐］李端

鳴箏金粟柱，素手玉房前。
欲得周郎顧，時時誤拂絃。

第三種五言絕句基本上和第一種相同，只因首句用韻，所以首句改為平平腳：

㊀仄仄平平　平平仄仄平
△　　　　△
㊥平平仄仄　㊀仄仄平平
△

## 塞下曲

［唐］盧綸

月黑雁飛高，單于夜遁逃。
欲將輕騎逐，大雪滿弓刀[1]。

## 行宮

［唐］元稹

寥落古行宮，宮花寂寞紅。
白頭宮女在，閒坐說玄宗。

## 溪居

［唐］裴度

門徑俯清溪，茅檐古木齊。
紅塵飛不到，時有水禽啼。

第四種五言絕句基本上和第二種相同，只因首句用韻，所以首句改為仄平腳：

平平仄仄平　㊀仄仄平平
△　　　　△
㊀仄平平仄　平平仄仄平

1　單：音蟬〔chán〕。

## 閨人贈遠

［唐］王涯

花明綺陌春，柳拂御溝新。

為報遼陽客，流光不待人。

在四種平韻五言律絕當中，以第一種為最常見，其次是第三種，其餘兩種都是少見的。除了平韻律絕之外，還有一些仄韻律絕。現在只舉一個例子：

㊣平平仄仄　㊀仄平平仄△

㊀仄仄平平　㊣平平仄仄△

## 憶舊遊

［唐］顧況

悠悠南國思，夜向江南泊。

楚客斷腸時，月明楓子落[2]。

律絕只有四種句式，即使是仄韻的五言律絕，也不超出這個範圍。依照這四種句式寫成的詩句稱為律句，凡不用或基本上不用律句的絕句可以稱為古絕。古絕一般都是五言的，而且不拘平仄；在押韻方面既可押平聲韻，也可押仄聲韻。例如：

2　思：音四〔sì〕。

## 夜思

［唐］李白

床前明月光，疑是地上霜。

舉頭望明月，低頭思故鄉。

## 拜新月

［唐］李端

開簾見新月，即便下階拜。

細語人不聞，北風吹裙帶。

《夜思》是平聲韻，《拜新月》是仄聲韻。「疑是」句「平仄仄仄平」，「細語」句「仄仄平仄平」，「北風」句「仄平平平仄」，都不是律句。

## 第二節　七言絕句

七言絕句也是四句，總共二十八個字。七言律絕是以五言律絕為基礎的。跟五言律絕一樣，七言律絕共有四種平仄句式，這只是在五字句的前面加兩個音：如果是仄起的五字句，就把它變成平起的七字句；如果是平起的五字句，就把它變成仄起的七字句。試看下面的比較表：

1. 平仄腳：

五字句 —— □□(仄)仄平平仄

七字句 —— (平)平(仄)仄平平仄

2. 仄平腳：

五字句 —— □□平平仄仄平

七字句 —— (仄)仄平平仄仄平

3. 仄仄腳：

五字句 —— □□(平)平平仄仄

七字句 —— (仄)仄(平)平平仄仄

4. 平平腳：

五字句 —— □□(仄)仄仄平平

七字句 —— (平)平(仄)仄仄平平

七言絕句也有四種平仄格式，跟五言絕句是相一致的。不過，七言絕句以首句押韻為比較常見，所以次序應該改變一下。

第一種七言絕句是：

㊥平㊅仄仄平平　㊅仄平平仄仄平
△　△
㊅仄㊥平平仄仄　㊥平㊅仄仄平平
△

## 早發白帝城

［唐］李白

朝辭白帝彩雲間，千里江陵一日還。
兩岸猿聲啼不住，輕舟已過萬重山。

## 題金陵渡

［唐］張祜

金陵津渡小山樓，一宿行人自可愁。
潮落夜江斜月裏，兩三星火是瓜州。

## 將赴吳興登樂遊原

［唐］杜牧

清時有味是無能，閒愛孤雲靜愛僧。
欲把一麾江海去，樂遊原上望昭陵。

## 泊秦淮

［唐］杜牧

煙籠寒水月籠沙，夜泊秦淮近酒家。
商女不知亡國恨，隔江猶唱後庭花。

第二種七言絕句是把第一種的前半首和後半首對調，並且使首句仍然收平腳，第三句仍然收仄腳：

(仄)仄平平仄仄平△　(平)平(仄)仄仄平平△
(平)平(仄)仄平平仄　(仄)仄平平仄仄平△

## 芙蓉樓送辛漸

［唐］王昌齡

寒雨連江夜入吳，平明送客楚山孤。
洛陽親友如相問，一片冰心在玉壺。

## 烏衣巷

［唐］劉禹錫

朱雀橋邊野草花，烏衣巷口夕陽斜。
舊時王謝堂前燕，飛入尋常百姓家。

## 赤壁

［唐］杜牧

折戟沉沙鐵未銷，自將磨洗認前朝。
東風不與周郎便，銅雀春深鎖二喬。

## 秋夕

［唐］杜牧

銀燭秋光冷畫屏，輕羅小扇撲流螢。
天階夜色涼如水，臥看牽牛織女星。

第三種七言絕句是第一種的變相，只是把首句改為不押韻（這一種比較少見）：

平⃝平仄⃝仄平平仄　仄⃝仄平平仄仄平△
仄⃝仄平⃝平平仄仄　平⃝平仄⃝仄仄平平△

**憶江柳**

［唐］白居易

曾栽楊柳江南岸，一別江南兩度春。
遙憶青青江岸上，不知攀折是何人！

第四種七言絕句是第二種的變相，只是把首句改為不押韻：

仄⃝仄平⃝平平仄仄　平⃝平仄⃝仄仄平平△
平⃝平仄⃝仄平平仄　仄⃝仄平平仄仄平△

**九月九日憶山東兄弟**

［唐］王維

獨在異鄉為異客，每逢佳節倍思親。
遙知兄弟登高處，遍插茱萸少一人。

**夜上受降城聞笛**

［唐］李益

回樂峰前沙似雪，受降城外月如霜。
不知何處吹蘆管，一夜征人盡望鄉。

仄韻七絕頗為罕見，這裏不舉例了。

七言絕句每句的第一字是不拘平仄的，第三字在許多情況下也不拘平仄，因此相傳有這樣一個口訣：「一三五不論，二四六分明。」但是，這個口訣是不全面的，在正常的情況下，第五字不能不論；更重要的是仄平腳的句子第三字不能不論，否則犯了孤平。凡是不合於這裏所講的都是變格。

# 第七章

## 五言律詩、七言律詩和長律

## 第一節　五言律詩

我們在第六章中講了五言絕句，這裏再講五言律詩就非常好懂了。

五言律詩共有八句，四十個字，比五言絕句（指律絕）的字數多一倍，可以說兩首五言絕句合起來就是一首五言律詩。按發展情況說，應該說五言絕句是五言律詩的一半；但是，為了說明的方便，我們說五言律詩是五言絕句的雙倍也未嘗不可。

跟五言絕句一樣，五言律詩也有四種平仄格式。

第一種五言律詩等於第一種五言絕句的兩首：

(仄)仄平平仄　平平仄仄平△
(平)平平仄仄　(仄)仄仄平平△
(仄)仄平平仄　平平仄仄平△
(平)平平仄仄　(仄)仄仄平平△

### 塞下曲

［唐］李白

五月天山雪，無花只有寒。
笛中聞折柳，春色未曾看。
曉戰隨金鼓，宵眠抱玉鞍。
願將腰下劍，直為斬樓蘭[1]。

1　看：音刊〔kān〕。

## 春望

［唐］杜甫

國破山河在，城春草木深。
感時花濺淚，恨別鳥驚心。
烽火連三月，家書抵萬金。
白頭搔更短，渾欲不勝簪[2]。

第二種五言律詩等於第二種五言絕句的兩首：

㊤平平仄仄　㊦仄仄平平△
㊦仄平平仄　平平仄仄平△
㊤平平仄仄　㊦仄仄平平△
㊦仄平平仄　平平仄仄平△

## 山居秋暝

［唐］王維

空山新雨後，天氣晚來秋。
明月松間照，清泉石上流。
竹喧歸浣女，蓮動下漁舟。
隨意春芳歇，王孫自可留。

## 新春江次

［唐］白居易

浦乾潮未應，堤濕凍初銷。

2　勝：音升〔shēng〕。

粉片妝梅朵，金絲刷柳條。
鴨頭新綠水，雁齒小紅橋。
莫怪珂聲碎，春來五馬驕。

第三種五言律詩等於第三種五言絕句加第一種五言絕句：

㊀仄仄平平△　平平仄仄平△
㊁平平仄仄　㊀仄仄平平△
㊀仄平平仄　平平仄仄平△
㊁平平仄仄　㊀仄仄平平△

## 終南山

［唐］王維

太乙近天都，連山接海隅。
白雲回望合，青靄入看無[3]。
分野中峰變，陰晴眾壑殊。
欲投人處宿，隔水問樵夫。

## 月夜憶舍弟

［唐］杜甫

戍鼓斷人行，邊秋一雁聲。
露從今夜白，月是故鄉明。
有弟皆分散，無家問死生。
寄書長不達，況乃未休兵！



3　看：音刊〔kān〕。

第四種五言律詩等於第四種五言絕句加第二種五言絕句（這一種比較少見）：

平平仄仄平△　㊀仄仄平平△
㊀仄平平仄　平平仄仄平△
㊉平平仄仄　㊀仄仄平平△
㊀仄平平仄　平平仄仄平△

## 風雨

［唐］李商隱

淒涼寶劍篇，羈泊欲窮年。
黃葉仍風雨，青樓自管絃。
新知遭薄俗，舊好隔良緣。
心斷新豐酒，銷愁斗幾千！

律詩中間四句要用對仗。所謂對仗，就是名詞對名詞，形容詞對形容詞，動詞對動詞，副詞對副詞等。關於對仗，後面還要專題討論。

## 第二節　七言律詩

七言律詩，就其平仄格式說，是七言絕句的擴展。七言律詩共有八句，五十六個字，比七言絕句的字數多一倍，正好把兩首七絕合成一首七律。七言律詩也有四種平仄格式。

第一種七律等於第一種七絕加第三種七絕：

㊣平㊀仄仄平平△　㊀仄平平仄仄平△
㊀仄㊣平平仄仄　㊣平㊀仄仄平平△
㊣平㊀仄平平仄　㊀仄平平仄仄平△
㊀仄㊣平平仄仄　㊣平㊀仄仄平平△

### 望薊門

［唐］祖詠

燕台一去客心驚，笳鼓喧喧漢將營。
萬里寒光生積雪，三邊曙色動危旌。
沙場烽火侵胡月，海畔雲山擁薊城。
少小雖非投筆吏，論功還欲請長纓。

### 錢塘湖春行

［唐］白居易

孤山寺北賈亭西，水面初平雲腳低。
幾處早鶯爭暖樹，誰家新燕啄春泥？
亂花漸欲迷人眼，淺草才能沒馬蹄。
最愛湖東行不足，綠楊陰裏白沙堤。

第二種七律等於第二種七絕加第四種七絕：

㊀仄平平仄仄平△　㊉平㊀仄仄平平△
㊉平㊀仄平平仄　㊀仄平平仄仄平△
㊀仄㊉平平仄仄　㊉平㊀仄仄平平△
㊉平㊀仄平平仄　㊀仄平平仄仄平△

## 登柳州城樓寄漳汀封連四州

［唐］柳宗元

城上高樓接大荒，海天愁思正茫茫。
驚風亂颭芙蓉水，密雨斜侵薜荔牆。
嶺樹重遮千里目，江流曲似九回腸。
共來百越文身地，猶自音書滯一鄉[4]！

## 無題

［唐］李商隱

相見時難別亦難，東風無力百花殘。
春蠶到死絲方盡，蠟炬成灰淚始乾。
曉鏡但愁雲鬢改，夜吟應覺月光寒。
蓬萊此去無多路，青鳥殷勤為探看[5]。

第三種七律等於第三種七絕的兩首：

4 思：音四〔sì〕。
5 看：音刊〔kān〕。

(平)平(仄)仄平平仄　(仄)仄平平仄仄平△
(仄)仄(平)平平仄仄　(平)平(仄)仄仄平平△
(平)平(仄)仄平平仄　(仄)仄平平仄仄平△
(仄)仄(平)平平仄仄　(平)平(仄)仄仄平平△

## 客至

［唐］杜甫

舍南舍北皆春水，但見群鷗日日來。
花徑不曾緣客掃，蓬門今始為君開。
盤飧市遠無兼味，樽酒家貧只舊醅。
肯與鄰翁相對飲，隔籬呼取盡餘杯。

## 酬樂天揚州初逢席上見贈

［唐］劉禹錫

巴山楚水淒涼地，二十三年棄置身。
懷舊空吟聞笛賦，到鄉翻似爛柯人。
沉舟側畔千帆過，病樹前頭萬木春。
今日聽君歌一曲，暫憑杯酒長精神。

第四種七律等於第四種七絕的兩首：

(仄)仄(平)平平仄仄　(平)平(仄)仄仄平平△
(平)平(仄)仄平平仄　(仄)仄平平仄仄平△
(仄)仄(平)平平仄仄　(平)平(仄)仄仄平平△
(平)平(仄)仄平平仄　(仄)仄平平仄仄平△

## 閣夜

［唐］杜甫

歲暮陰陽催短景，天涯霜雪霽寒宵。
五更鼓角聲悲壯，三峽星河影動搖。
野哭千家聞戰伐，夷歌幾處起漁樵。
臥龍躍馬終黃土，人事音書漫寂寥。

## 聞官軍收河南河北

［唐］杜甫

劍外忽傳收薊北，初聞涕淚滿衣裳。
卻看妻子愁何在，漫卷詩書喜欲狂。
白日放歌須縱酒，青春作伴好還鄉。
即從巴峽穿巫峽，便下襄陽向洛陽。

七律跟五律一樣，中間四句要用對仗；至於頭兩句和末兩句，一般不用對仗。特別是末兩句，像杜甫的《聞官軍收河南河北》那樣的情況是很少見的。

講到這裏，我們可以把律詩、絕句的平仄規則總結一下。平仄有「對」的規則和「粘」的規則。單句稱為出句，雙句稱為對句，出句和對句加起來叫一聯。第一聯稱為首聯，第二聯稱為頷聯，第三聯稱為頸聯，第四聯稱為尾聯。出句的平仄和對句的平仄必須是相反的，叫做「對」。下聯出句的平仄和上聯對句的平仄必須是相同的，叫做「粘」。當然，在粘的時候，第五、七兩字（在五言則是第三、五兩字）的平仄不可能相同；在對的時候，如果首句入韻，首聯出句和對句第五、七兩字（在五言則是第三、五兩字）也不可能相對。總之，除了下章所講的變格外，我們可以拿五言的第二、第四字 ；七言的第二、第四、第六字作為衡量粘對的標準。

知道了粘對的道理，要背誦口訣（平仄格式）就不難了。只要知道了第一句的平仄，全首詩的平仄都可以按照粘對的規則背誦如流。即使是百韻長律，也不會背錯一個字。

違反粘的規則叫做失粘（廣義的失粘指的是不合平仄，這裏用的是狹義）；違反對的規則叫失對。唐人偶爾有不粘的律詩、絕句（如王維的《渭城曲》），但是不足為訓，因為一般的律詩、絕句總是粘的。至於失對，則是更大的毛病，唐人雖也有個別失對的情況，那或者是模仿齊梁體（律詩未定型以前的詩體），或者是詩人一時的疏忽，後人是不能引為口實的。

## 第三節　長律

長律是超過八句的律詩，有長到一百六十韻的。兩句一押韻，一百六十韻就是一千六百個字。有一種試帖詩規定五言六韻（清代規定五言八韻），那是應科舉時寫的。例如：

### 湘靈鼓瑟

［唐］錢起

善鼓雲和瑟，常聞帝子靈。
馮夷空自舞，楚客不堪聽。
苦調淒金石，清音入杳冥。
蒼梧來怨慕，白芷動芳馨。
流水傳湘浦，悲風過洞庭。
曲終人不見，江上數峰青。

長律的平仄很容易知道，因為它只是把五言絕句加起來。例如五言六韻的長律就等於三首五言絕句。除頭兩句和末兩句以外，中間各句都是要用對仗的。長律一般只是五言詩，七言長律非常罕見的。

# 第八章

## 平仄的變格和對仗

## 第一節　平仄的變格

上面說過，前人做律詩、絕句有個口訣是 :「一三五不論。」這是就七言說的，如果是五言，那就應該是「一三不論」。其實仄平腳的五言第一字或七言第三字不能不論，否則犯孤平。至於五言第三字、七言第五字，按常規來說，也是要論的，但是在這些地方可以有變格，就是在本該用平聲的地方也可以用仄聲，在本該用仄聲的地方也可以用平聲。例如 :

### 次北固山下

［唐］王灣

客路青山下，行舟綠水前。
潮平兩岸闊，風正一帆懸。
海日生殘夜，江春入舊年。
鄉書何處達？歸雁洛陽邊。

（字下有○的是變格的不拘平仄的字，下同）

### 送友人

［唐］李白

青山橫北郭，白水遶東城。
此地一為別，孤蓬萬里征。
浮雲遊子意，落日故人情。
揮手自茲去，蕭蕭班馬鳴。

## 詠懷古跡（其二）

［唐］杜甫

搖落深知宋玉悲，風流儒雅亦吾師。
悵望千秋一灑淚，蕭條異代不同時。
江山故宅空文藻，雲雨荒台豈夢思！
最是楚宮俱泯滅，舟人指點到今疑。

## 蜀相

［唐］杜甫

丞相祠堂何處尋？錦官城外柏森森！
映階碧草自春色，隔葉黃鸝空好音。
三顧頻煩天下計，兩朝開濟老臣心。
出師未捷身先死，長使英雄淚滿襟！

值得注意的是：五言平起出句第三字如果用仄聲，則第一字必須用平聲（如「潮平兩岸闊」）；七言仄起出句第五字如果用仄聲，則第三字必須用平聲（如「悵望千秋一灑淚」）。如果是平平腳，五言第三字、七言第五字仍以用仄聲為宜，否則末三字變成平平平，而三字尾連用三個平聲是古風的特點（見第九章），最好律詩、絕句不要用它。

現在講到三種特別的句式。這三種句式是不合於前面所列的平仄格式的，然而它們是律詩、絕句所容許的。

（1）五言出句二、四字同平，七言出句四、六字同平。——依前面所講的說法，仄仄腳的律句，在五言是「(平)平平仄仄」，在七言是「(仄)仄(平)平平仄仄」；但是，這個格式有一個最常用的變格，就是：

五言：平平仄平仄

七言：㊁仄平平仄平仄

這是把五言第三、四兩字的平仄對調，七言第五、六兩字的平仄對調。對調以後，五言第一字、七言第三字不再是不拘平仄的，而是必須用平聲。例如：

### 送杜少府之任蜀州

［唐］王勃

城闕輔三秦，風煙望五津。
與君離別意，同是宦遊人。
海內存知己，天涯若比鄰。
無為在歧路，兒女共沾巾。

（字下有•的是變格的句子，下同）

### 月夜

［唐］杜甫

今夜鄜州月，閨中只獨看。
遙憐小兒女，未解憶長安。
香霧雲鬟濕，清輝玉臂寒。
何時倚虛幌，雙照淚痕乾[1]？

1 看：音刊〔kān〕。

## 詠懷古跡（其三）

［唐］杜甫

群山萬壑赴荊門，生長明妃尚有村。
一去紫台連朔漠，獨留青塚向黃昏。
畫圖省識春風面，環佩空歸月夜魂。
千載琵琶作胡語，分明怨恨曲中論！

這種句式多數被用在尾聯的出句，即律詩的第七句、絕句的第三句。

（2）五言出句二、四字同仄，七言出句四、六字同仄。—— 依前面所講的說法，平仄腳的律句，在五言是「仄⃝仄平平仄」，在七言是「平⃝平仄⃝仄平平仄」；但是，這個格式也有一個變格，就是：

五言：仄⃝仄平⃝仄仄
七言：平⃝平仄⃝仄平⃝仄仄

這裏五言第二、四兩字都用仄聲（全句可以有四仄，甚至五仄），七言第四、六兩字都用仄聲。但是，有一個附帶的條件，就是五言對句第三字、七言對句第五字必須用平聲。例如：

## 與諸子登峴山

［唐］孟浩然

人事有代謝，往來成古今。
江山留勝跡，我輩復登臨。
水落魚梁淺，天寒夢澤深。
羊公碑尚在，讀罷淚沾襟。

## 草

［唐］白居易

離離原上草，一歲一枯榮。
野火燒不盡，春風吹又生。
遠芳侵古道，晴翠接荒城。
又送王孫去，萋萋滿別情。

## 夜泊水村

［南宋］陸游

腰間羽箭久凋零，太息燕然未勒銘。
老子猶堪絕大漠，諸君何至泣新亭？
一身報國有萬死，雙鬢向人無再青！
記取江湖泊船處，臥聞新雁落寒汀[2]。

講到這裏，我們知道「二四六分明」的口訣也不完全適用了。

（3）孤平拗救。—— 所謂孤平，只限於平腳的句子，指的是五字句的「仄平仄仄平」、七字句的「仄仄仄平仄仄平」。由於除了韻腳必須用平聲以外，只剩一個平聲字，所以叫做「孤平」。凡不合平仄的句子叫做「拗句」。拗句和律句是反義詞。孤平的句子也是拗句的一種。但是，拗句可以補救。補救的辦法是：前面本該用平聲的地方用了仄聲，就在後面適當的位置用上一個平聲以為抵償。所謂孤平拗救，是指仄平腳的句子五言第一字用仄，第三字用平；七言第三字



2　燕：音煙〔yān〕。

用仄，第五字用平，就是：

五言：仄平平仄平

七言：㊀仄仄平平仄平

試看下面的例子：

### 夜泊山寺

［唐］李白

危樓高百尺，手可摘星辰。

不敢高聲語，恐驚天上人。

（「恐」字係仄聲，下面用平聲「天」字來補救）

### 回鄉偶書

［唐］賀知章

少小離家老大回，鄉音無改鬢毛衰。

兒童相見不相識，笑問客從何處來。

（「客」字係仄聲，下面用平聲「何」字來補救）

### 咸陽城東樓

［唐］許渾

一上高樓萬里愁，蒹葭楊柳似汀洲。

溪雲初起日沉閣，山雨欲來風滿樓。

鳥下綠蕪秦苑夕，蟬鳴黃葉漢宮秋。

行人莫問當年事，故國東來渭水流。

（「欲」字係仄聲，下面用平聲「風」字來補救）

孤平拗救常常和二、四字同仄的出句（在七言則是四、六字同仄）同時並用，像上文所引孟浩然的「往來成古今」、陸游的「雙鬢向人無再青」都是。這樣，倒數第三字（如孟詩的「成」字，陸詩的「無」字）所用的平聲非常吃重，它一方面用於孤平拗救，另一方面還被用來補償出句所缺乏的平聲。總的原理是律詩、絕句不能用過多的仄聲字。上文所講第一種特殊句式，五言第三字用了仄聲，第四字就必須補一個平聲，而且第一字不能再用仄聲，也是這個道理。

我們應該把變格和例外區別開來。變格是律詩所容許的格式，「平平仄平仄」的格式甚至能用於試帖詩 ；例外則是偶然出現的，如杜甫的「昔聞洞庭水」、孟浩然的「八月湖水平」。有時候，詩人可以寫一些古風式的律詩，完全不拘平仄，叫做「拗體」。但拗體是罕見的，這裏不詳細討論了。

## 第二節　對仗

絕句用不用對仗是自由的；如果用對仗，一般用在首聯。律詩中間兩聯必須用對仗；在唐人的律詩中偶然也有少到一聯對仗的，那只是例外。至於對仗多到三聯，則是相當常見的現象，特別是在首句不入韻的情況下是如此。三聯對仗，常常是首聯、頷聯和頸聯。例如：

### 旅夜書懷

［唐］杜甫

細草微風岸，危檣獨夜舟。
星垂平野闊，月湧大江流。
名豈文章著，官應老病休。
飄飄何所似？天地一沙鷗。

### 谷口書齋寄楊補闕

［唐］錢起

泉壑帶茅茨，雲霞生薜帷。
竹憐新雨後，山愛夕陽時。
閒鷺棲常早，秋花落更遲。
家僮掃蘿徑，昨與故人期。

### 野望

［唐］杜甫

西山白雪三城戍，南浦清江萬里橋。
海內風塵諸弟隔，天涯涕淚一身遙。

惟將遲暮供多病，未有涓埃答聖朝。

跨馬出郊時極目，不堪人事日蕭條。

## 登高

［唐］杜甫

風急天高猿嘯哀，渚清沙白鳥飛回。
無邊落木蕭蕭下，不盡長江滾滾來。
萬里悲秋常作客，百年多病獨登台。
艱難苦恨繁霜鬢，潦倒新停濁酒杯。

對仗首先要求句型的一致，例如杜詩首聯「細草微風岸」，這是一個沒有謂語的句子，必須找另一個沒有謂語的句子（這裏是「危檣獨夜舟」）來對它。又如頸聯「名豈文章著」，「著名」這個動賓結構被拆開放在一句的兩頭；對句是「官應老病休」，「休官」這個動賓結構也拆開放在一句的兩頭，才算對上了。又如錢詩頷聯「竹憐新雨後，山愛夕陽時」，「竹憐」不是真正的主謂結構，「山愛」也不是真正的主謂結構，實際上是「憐新雨後的竹，愛夕陽時的山」，這樣它們的句型就一致了。

對仗要求詞性相對，名詞對名詞，形容詞對形容詞，動詞對動詞，副詞對副詞，上文已經講過了。此外還有三種特殊的對仗：第一是數目對，如「萬里悲秋常作客，百年多病獨登台」；第二是顏色對，如「客路青山下，行舟綠水前」；第三是方位對，如「西山白雪三城戍，南浦清江萬里橋」。

名詞還可以分為若干小類，如天文、時令、地理等。例如「星垂平野闊，月湧大江流」，「星」對「月」是天文對，「野」對「江」是地理對。又如「海日生殘夜，江春入舊年」，

「夜」和「年」是時令對。

凡同一小類相對，詞性一致，句型又一致，叫做工對（就是對得工整）。例如「青山橫北郭，白水繞東城」，這是工對。鄰類相對也算工對。例如「一去紫台連朔漠，獨留青塚向黃昏」，「朔」（北方）對「黃」是方位對顏色；又如「海日生殘夜，江春入舊年」，「日」對「春」是天文對時令。兩種事物常常並提的，也算工對。例如「感時花濺淚，恨別鳥驚心」，「花」對「鳥」是工對；「亂花漸欲迷人眼，淺草才能沒馬蹄」，「人」對「馬」是工對。有所謂借對，這是借用同音字為對。例如「西山白雪三城戍，南浦清江萬里橋」，「白」對「清」是借對，因為「清」與「青」同音。

凡五字句有四個字對得工整，也就算得工對。例如「星垂平野闊，月湧大江流」，雖然「闊」是形容詞，「流」是動詞，也算工對。又如「感時花濺淚，恨別鳥驚心」，雖然「時」與「別」不屬於同一個小類，其餘四字已經非常工整，也就不必再計較了。七字句有四、五個字對得工整，也就算得工對。例如「無邊落木蕭蕭下，不盡長江滾滾來」，「邊」是名詞，「盡」是動詞，似乎不對，但是「無」對「不」被認為工整，而「無」字後面必須跟名詞，「不」字後面必須跟動詞或形容詞，只能做到這樣了。

有一種對仗是句中自對而後兩句相對。這樣的對仗就只要求句中自對的工整，不再要求兩句相對的工整，只要詞類相對就行了。例如「海內風塵諸弟隔，天涯涕淚一身遙」，「風」對「塵」、「涕」對「淚」已經很工整，「風塵」對「涕淚」就可以從寬了。又如「惟將遲暮供多病，未有涓埃答聖朝」，「遲」與「暮」相對、「涓」與「埃」相對，兩句相對就可以從寬了。

過分追求對仗的工整會束縛思想。傑出的詩人能做到內容和形式的統一。一般說來，晚唐的對仗比盛唐的對仗工整，但是晚唐的詩不及盛唐的詩的意境高超。可見片面地追求對仗的工整，是不能達到寫好詩的目的的。

# 第九章

## 詞律

## 第一節　詞的種類

詞最初稱為「曲詞」或「曲子詞」，是配音樂的。從配音樂這一點上說，它和樂府詩是同一類的文學體裁，也同樣是來自民間文學。後來詞也跟樂府一樣，逐漸跟音樂分離了，成為詩的別體，所以有人把詞稱為「詩餘」。文人的詞深受律詩的影響，所以詞中的律句特別多。

詞是長短句，但是全篇的字數是有一定的，每句的平仄也是有一定的。

詞大致可分三類：(1) 小令；(2) 中調；(3) 長調。有人認為：五十八字以內為小令，五十九字至九十字為中調，九十一字以外為長調[1]。這種分法雖然未免太絕對化了，但是大概的情況還是這樣的。

敦煌曲子詞中，已經有了一些中調和長調。宋初柳永寫了一些長調，蘇軾、秦觀、黃庭堅等人繼起，長調就盛行起來了。長調的特點，除了字數較多以外，就是一般用韻較疏。

### （一）詞牌

詞牌，就是詞的格式的名稱。詞的格式和律詩的格式不同：律詩只有四種格式，而詞則總共有一千多個格式[2]（這些格式稱為詞譜，詳見下節）。人們不好把它們稱為第一式、第二式等等，所以給它們起了一些名字。這些名字就是詞牌。有時候，幾個格式合用一個詞牌，因為它們是同一個格式的若干變體；有時候，同一個格式而有幾種名稱，那只因為各

1　這是根據《類編草堂詩餘》所分小令、中調、長調而得出來的結論。

2　萬樹《詞律》共收一千一百八十多個「體」。徐本立《詞律拾遺》增加四百九十五個「體」。清代的《欽定詞譜》共有二千三百零六個「體」。

家叫名不同罷了。

關於詞牌的來源，大約有下面的三種情況：

（1）本來是樂曲的名稱。例如《菩薩蠻》，據說是由於唐代大中初年[3]，女蠻國進貢，她們梳着高髻，戴着金冠，滿身瓔珞（瓔珞是身上佩掛的珠寶），像菩薩。當時教坊因此譜成《菩薩蠻曲》。據說唐宣宗愛唱《菩薩蠻》詞，可見是當時風行一時的曲子。《西江月》、《風入松》、《蝶戀花》等，都是屬於這一類的。這些都是來自民間的曲調。

（2）摘取一首詞中的幾個字作為詞牌。例如《憶秦娥》，因為依照這個格式寫出的最初一首詞開頭兩句是「簫聲咽，秦娥夢斷秦樓月」，所以詞牌就叫《憶秦娥》[4]，又叫《秦樓月》。《憶江南》本名《望江南》，又名《謝秋娘》，但因白居易有一首詠「江南好」的詞，最後一句是「能不憶江南」，所以詞牌又叫《憶江南》。《如夢令》原名《憶仙姿》，改名《如夢令》，這是因為後唐莊宗所寫的《憶仙姿》中有「如夢，如夢，殘月落花煙重」等句。《念奴嬌》又叫《大江東去》，這是由於蘇軾有一首《念奴嬌》，第一句是「大江東去」；又叫《酹江月》，因為蘇軾這首詞最後三個字是「酹江月」。

（3）本來就是詞的題目。《踏歌詞》詠的是舞蹈，《舞馬詞》詠的是舞馬，《欸乃曲》詠的是泛舟，《漁歌子》詠的是打魚，《浪淘沙》詠的是浪淘沙，《拋球樂》詠的是拋繡球，《更漏子》詠的是夜。這種情況是最普遍的。凡是詞牌下面注明「本意」的，就是說詞牌同時也是詞題，不另有題目了。

但是，絕大多數的詞都不是用「本意」的，因此，詞牌之外還有詞題。一般是在詞牌下面用較小的字注出詞題。在

3　大中，是唐宣宗年號（847-859）。

4　這是依照一般的說法。

這種情況下，詞題和詞牌不發生任何關係。一首《浪淘沙》可以完全不講到浪，也不講到沙；一首《憶江南》也可以完全不講到江南。這樣，詞牌只不過是詞譜的代號罷了。

### （二）單調、雙調、三疊、四疊

詞有單調、雙調、三疊、四疊的分別。

單調的詞往往就是一首小令。它很像一首詩，只不過是長短句罷了。例如：

#### 漁歌子[5]

［唐］張志和

西塞山前白鷺飛，
桃花流水鱖魚肥。
青箬笠，綠蓑衣，
斜風細雨不須歸。

#### 如夢令

［宋］李清照

昨夜雨疏風驟，
濃睡不消殘酒。
試問捲簾人，
卻道海棠依舊。
知否？知否？
應是綠肥紅瘦！



5　原名《漁父》。

雙調的詞有的是小令，有的是中調或長調。雙調就是把一首詞分為前後兩闋[6]。兩闋的字數相等或基本上相等，平仄也同。這樣，字數相等的就像一首曲譜配着兩首歌詞。不相等的，一般是開頭的兩三句字數不同或平仄不同，叫做「換頭」[7]。雙調是詞中最常見的形式。例如[8]：

**踏莎行**

**郴州旅舍**

［宋］秦觀

霧失樓台，
月迷津渡，
桃源望斷無尋處。
可堪孤館閉春寒，
杜鵑聲裏斜陽暮。

驛寄梅花，
魚傳尺素，
砌成此恨無重數！
郴江幸自繞郴山，
為誰流下瀟湘去？

6　曲終叫做闋（què）。一闋，表示曲子到此已告終了。下面再來一闋，那是表示依照原曲再唱一首歌。當然前後闋的意思還是連貫的。

7　字數不同如《菩薩蠻》，平仄不同如《浣溪沙》，詳下節。

8　舊法，前後闋中間空一格。現在分行寫，中間空一行。

## 鷓鴣天

［宋］辛棄疾

壯歲旌旗擁萬夫，
錦襜突騎渡江初。
燕兵夜娖銀胡䩮，
漢箭朝飛金僕姑。

追往事，
嘆今吾。
春風不染白髭鬚。
卻將萬字平戎策，
換得東家種樹書。

## 賀新郎
## 送胡邦衡待制赴新州

［宋］張元幹

夢繞神州路。
悵秋風連營畫角，
故宮離黍。
底事昆侖傾砥柱，
九地黃流亂注？
聚萬落千村狐兔。
天意從來高難問，
況人情易老悲難訴。
更南浦，
送君去。

涼生岸柳催殘暑。
耿斜河疏星淡月，
斷雲微度。
萬里江山知何處？
回首對床夜語。
雁不到，
書成誰與[9]？
目盡青天懷今古，
肯兒曹恩怨相爾汝。
舉大白，
聽金縷。

像《踏莎行》、《漁家傲》，前後兩闋字數完全相等。其他各詞，前後闋字數基本上相同。

三疊就是三闋，四疊就是四闋。三疊、四疊的詞很少見，這裏就不舉例了。

9 「雁不到書成誰與？」依詞律應作一句讀。

## 第二節　詞譜

每一詞牌的格式，叫做詞譜。依照詞譜所規定的字數、平仄以及其他格式來寫詞，叫做「填詞」。「填」，就是依譜填寫的意思。

古人所謂詞譜，乃是擺出一件樣品，讓大家照樣去填。下面是萬樹《詞律》所列《菩薩蠻》的詞譜原來的樣子[10]：

**菩薩蠻** 四十四字，又名子夜歌、巫山一片雲、重疊金

［唐］李白

平(可仄)林漠(可平)漠煙如織(韻)寒(可仄)山一(可平)帶傷心碧(叶)暝(可平)色
入高樓(換平)有(可平)人樓(可仄)上愁(叶平)　　玉(可平)階空佇立(三換仄)宿(可平)鳥歸
飛急(三叶仄)何(可仄)處是歸程(四換平)長(可仄)亭連(可仄)短亭(四叶平)

《詞律》在詞牌下面注明規定的字數、詞牌的別名，在詞中注明平仄和叶韻。凡平仄均可的地方，注明「可平」、「可仄」（於平聲字下面注明「可仄」，於仄聲字下面注明「可平」）；凡平仄不可通融的地方就不加注，例如「林」字下面沒有注，這就表明必須依照林字的平仄，林字平聲，就應照填一個平聲字。「織」字下面注個韻字，表示這裏該用韻；「碧」字下面注個叶字[11]，表示這裏該叶韻（即與「織」字押韻）。當然並不規定押哪一個韻，但是要求一個仄聲韻。「樓」字下面注「換平」，是說換平聲韻。「愁」字下面注「叶平」，是說叶平聲韻。「立」字下面注「三換仄」，是說在第三個韻又換了仄

10　但是改為橫排。
11　叶：同「協」，不是樹葉的「葉」。

聲韻；「急」字下面注「三叶仄」，是說叶仄聲韻。「程」字下面注「四換平」，是說在第四個韻又換了平聲韻；「亭」字下面注「四叶平」，是說叶平聲韻。萬樹是清初時代的人，在萬樹以前，詞人們早已填詞，那又依照誰人所定的詞譜呢？古人並不需要詞譜，只要有了樣品，就可以照填。試看辛棄疾所填的一首《菩薩蠻》：

**菩薩蠻**

**書江西造口壁**

［宋］辛棄疾

鬱孤台下清江水，
中間多少行人淚。
西北望長安，
可憐無數山。

青山遮不住，
畢竟東流去。
江晚正愁余，
山深聞鷓鴣。

辛詞共用四十四個字，共用四個韻，其中兩個仄聲韻，兩個平聲韻，並且平仄韻交替，完全和李白原詞相同。平仄也完全模仿李白原詞，甚至原詞前闋末句用「仄平平仄平」，後闋用「平平平仄平」，都完全模仿了。

這裏有一個問題：拿誰的詞來做樣品呢？如果說寫《菩薩蠻》要拿李白原詞做樣品，李白又拿誰的詞做樣品呢？其實《菩薩蠻》的最早的作者（李白？）並不需要任何樣品，因為《菩薩蠻》是按曲譜而作出的。民間作品多數是入樂演唱的，所以只須按曲作詞，而不需要照樣填詞。至於後世某些詞調，那又是另一種情況。詞人創造一種詞調，後人跟着填詞。詞牌是越來越多的。有些詞牌是後起的，那只能拿較晚的作品作為樣品。

本來，唐宋人填詞就有較大的靈活性，所以一個詞牌往往有幾種別體。詞中本來就是律句佔優勢；有些詞的拗句又常常被後代詞人改為律句。例如《菩薩蠻》前後闋末句的「⒳平平仄平」就被改為「平平仄仄平」。有些詞，如《念奴嬌》、《水調歌頭》等，在開始的時期就有相當大的靈活性，所以後代更自由一些。大致說來，小令的格律最嚴，中調較寬，長調更寬。我們研究詞律的時候，既要仔細考究它的規則，又要知道它的變化，不求甚解和膠柱鼓瑟都是不對的。

這裏我們將列舉一些詞譜，作為示例。為了便於了解，我們改變了前人的做法，不再錄樣品，而是依照第四章講詩律時的辦法，列舉一些平仄格式，然後再舉兩三首詞為例[12]。

（1）**憶江南**（廿七字，又作望江南，江南好，夢江南等）

平㊣仄，
⒳仄仄平平。
⒳仄㊣平平仄仄，
㊣平⒳仄仄平平。
⒳仄仄平平[13]。

12　其所以不止舉一首，是要顯示詞人依譜填詞的嚴格。

13　△號表示韻腳。下同。

## 憶江南

［唐］白居易

江南好，
風景舊曾諳。
日出江花紅勝火，
春來江水綠如藍。
能不憶江南[14]？

## 憶江南

［唐］劉禹錫

春去也，
多謝洛城人。
弱柳從風疑舉袂，
叢蘭裛露似沾巾。
獨坐亦含嚬。

## 夢江南

［唐］皇甫松

蘭燼落，
屏上暗紅蕉。
閒夢江南梅熟日，
夜船吹笛雨瀟瀟。
人語驛邊橋。

14　字下加小圓點的都是入聲字，不要按現代普通話的聲調去了解。下同。

## 夢江南

［唐］溫庭筠

梳洗罷，
獨倚望江樓。
過盡千帆皆不是，
斜暉脈脈水悠悠。
腸斷白蘋洲。

(2) **浣溪沙**（四十二字，沙或作紗，或作浣紗溪）

㊀仄平平仄仄平，
㊉平㊀仄仄平平。
㊉平㊀仄仄平平。

㊀仄㊉平平仄仄，
㊉平㊀仄仄平平。
㊉平㊀仄仄平平[15]。
（後闋頭兩句往往用對仗）

## 浣溪沙

［宋］晏殊

一曲新詞酒一杯，
去年天氣舊亭台。
夕陽西下幾時回？

15 這很像一首不粘的七律減去第三、第七兩句。

無可奈何花落去，
似曾相識燕歸來。
小園香徑獨徘徊。

## 浣溪沙

## 荊州約馬舉先登城樓觀塞

［宋］張孝祥

霜日明霄水蘸空，
鳴鞘聲裏繡旗紅。
淡煙衰草有無中。

萬里中原烽火北，
一尊濁酒戍樓東。
酒闌揮淚向悲風。

## 浣溪沙

一九五〇年國慶觀劇，柳亞子先生即席賦《浣溪沙》，因步其韻奉和。

毛澤東

長夜難明赤縣天，
百年魔怪舞翩躚。
人民五億不團圓。

一唱雄雞天下白，
萬方樂奏有于闐。

詩人興會更無前[16]。

(3) **菩薩蠻**（四十四字）

㊥平㊦仄平平仄，
㊥平㊦仄平平仄。
㊦仄仄平平，
㊦平平仄平[17]。

㊥平平仄仄，
㊦仄平平仄。
㊦仄仄平平，
㊦平平仄平。

（共用四個韻。前闋後二句與後闋後二句字數平仄相同。前後闋末句都可改用律句平平仄仄平）

## 菩薩蠻

［唐］李白（？）

平林漠漠煙如織，
寒山一帶傷心碧。
暝色入高樓，
有人樓上愁。

玉階空佇立，

16 興：去聲。

17 這句第一字可平，第三字可仄，但是不能犯孤平。這就是說，如果第三字用仄，則第一字必須用平。後闋末句同。

宿鳥歸飛急。
何處是歸程？
長亭連短亭！

**菩薩蠻**

**大柏地**

毛澤東

赤橙黃綠青藍紫，
誰持彩練當空舞？
雨後復斜陽，
關山陣陣蒼。

當年鏖戰急，
彈洞前村壁。
裝點此關山，
今朝更好看[18]。

（4）采桑子（四十四字，又名醜奴兒）

㊥平㊀仄平平仄，
㊀仄平平。
㊀仄平平，
㊀仄平平㊀仄平。

㊥平㊀仄平平仄，

18　看：平聲。

㊀仄平平。

㊀仄平平，

㊀仄平平㊀仄平。

## 采桑子

［宋］歐陽修

群芳過後西湖好，

狼藉殘紅。

飛絮濛濛，

垂柳闌干盡日風。

笙歌散盡遊人去，

始覺春空。

垂下簾櫳，

雙燕歸來細雨中。

## 采桑子

［宋］辛棄疾

少年不識愁滋味，

愛上層樓。

愛上層樓，

為賦新詞強說愁。

而今識盡愁滋味，

欲說還休。

欲說還休，

卻道「天涼好個秋」！

### 采桑子

### 重陽

毛澤東

人生易老天難老，
歲歲重陽。
今又重陽，
戰地黃花分外香。

一年一度秋風勁，
不似春光。
勝似春光，
寥廓江天萬里霜。

(5) **卜算子**（四十四字）

(仄)仄仄平平，
(仄)仄平平仄△。
(仄)仄平平仄仄平，
(仄)仄平平仄△。

(仄)仄仄平平，
(仄)仄平平仄△。
(仄)仄平平仄仄平，
(仄)仄平平仄△。

## 卜算子

### 詠梅

［宋］陸游

驛外斷橋邊，
寂寞開無主。
已是黃昏獨自愁，
更著風和雨。

無意苦爭春，
一任群芳妒。
零落成泥碾作塵，
只有香如故。

## 卜算子

### 詠梅

毛澤東

風雨送春歸，
飛雪迎春到。
已是懸崖百丈冰，
猶有花枝俏。

俏也不爭春，
只把春來報。
待到山花爛漫時，
她在叢中笑。

(6) **減字木蘭花**（四十四字）

㊥平㊰仄，
㊰仄㊥平平仄仄。
㊰仄平平，
㊰仄平平㊰仄平。

㊥平㊰仄，
㊰仄㊥平平仄仄。
㊰仄平平，
㊰仄平平㊰仄平。
（每兩句一換韻）

## 減字木蘭花

［宋］秦觀

天涯舊恨，
獨自淒涼人不問。
欲見回腸，
斷盡金爐小篆香。

黛蛾長斂，
任是春風吹不展。
困倚危樓，
過盡飛鴻字字愁。

## 減字木蘭花

## 廣昌路上

毛澤東

漫天皆白，
雪裏行軍情更迫。
頭上高山，
風卷紅旗過大關。

此行何去？
贛江風雪迷漫處[19]。
命令昨頒[20]，
十萬工農下吉安。

### (7) 憶秦娥（四十六字）

平㊣仄，
㊣平㊀仄平平仄。
平平仄（疊三字），
㊀平㊣仄，
仄平平仄。

㊣平㊀仄平平仄，
㊣平㊀仄平平仄。
平平仄（疊三字），

19　漫：平聲。

20　「昨」字未拘平仄。

(仄)平(平)仄，

仄平平仄。

（此調多用入聲韻。前闋後三句與後闋後三句字數平仄相同）

## 憶秦娥

［唐］李白（？）

簫聲咽，
秦娥夢斷秦樓月。
秦樓月，
年年柳色，
灞陵傷別。

樂遊原上清秋節，
咸陽古道音塵絕。
音塵絕，
西風殘照，
漢家陵闕。

## 憶秦娥

［宋］范成大

樓陰缺，
闌干影臥東廂月。
東廂月，
一天風露，
杏花如雪。
隔煙催漏金虬咽，

羅幃黯淡燈花結。
燈花結，
片時春夢，
江南天闊。

**憶秦娥**

**婁山關**

毛澤東

西風烈，
長空雁叫霜晨月。
霜晨月，
馬蹄聲碎，
喇叭聲咽。

雄關漫道真如鐵，
而今邁步從頭越。
從頭越，
蒼山如海，
殘陽如血。

(8) **清平樂**（四十六字）

㊥平㊀仄，
㊀仄平平仄。
㊀仄㊥平平仄仄，
㊀仄㊥平㊀仄。
㊥平㊀仄平平，

(平)平(仄)仄平平。
(仄)仄(平)平(仄)仄，
(平)平(仄)仄平平。
（後闋換平聲韻）

## 清平樂

## 晚春

［宋］黃庭堅

春歸何處？
寂寞無行路。
若有人知春去處，
喚取歸來同住。

春無蹤跡誰知？
除非問取黃鸝。
百囀無人能解，
因風飛過薔薇。

## 清平樂

## 六盤山

毛澤東

天高雲淡，
望斷南飛雁。
不到長城非好漢，
屈指行程二萬！
六盤山上高峰，

紅旗漫卷西風。

今日長纓在手，

何時縛住蒼龍？

(9) **西江月**（五十字）

‖ ⓪仄㊥平⓪仄，

㊥平⓪仄平平。

㊥平⓪仄仄平平，

⓪仄㊥平⓪仄。‖[21]

（前後闋同。第一句無韻，第二、第三句押平聲韻，第四句押原韻的仄聲韻。這種平仄通押的調子，在詞調中是很少見的。但是，《西江月》卻是最流行的曲調。前後闋頭兩句要用對仗）

## 西江月

［宋］辛棄疾

明月別枝驚鵲，

清風半夜鳴蟬。

稻花香裏説豐年，

聽取蛙聲一片。

七八個星天外，

兩三點雨山前。

舊時茅店社林邊，

路轉溪橋忽見。

21 雙調用 ‖ 號表示前後闋同。下同。

## 西江月

［宋］劉過

堂上謀臣尊俎，
邊頭將士干戈。
天時地利與人和，
燕可伐歟？曰可！

今日樓台鼎鼐，
明年帶礪山河。
大家齊唱大風歌，
不日四方來賀。

(10) **浪淘沙**（五十四字）

‖ ㊀仄仄平平，
㊀仄平平。
㊥平㊀仄仄平平。
㊀仄㊥平平仄仄，
㊀仄平平。‖

## 浪淘沙

［南唐］李煜

簾外雨潺潺，
春意闌珊。
羅衾不耐五更寒。
夢裏不知身是客，

一晌貪歡。

獨自莫憑欄，
無限江山。
別時容易見時難。
流水落花春去也，
天上人間。

## 浪淘沙

## 北戴河

毛澤東

大雨落幽燕[22]，
白浪滔天。
秦皇島外打魚船。
一片汪洋都不見，
知向誰邊？

往事越千年，
魏武揮鞭。
東臨碣石有遺篇。
蕭瑟秋風今又是，
換了人間！

22 燕：平聲，讀如「煙」。

(11) **蝶戀花**（六十字，又名鵲踏枝）

‖ 仄⃝仄平⃝平平仄仄。
仄⃝仄平平，
仄⃝仄平平仄。
仄⃝仄平⃝平平仄仄（或仄平仄）。
平⃝平仄⃝仄平平仄。‖

**蝶戀花**

［宋］蘇軾

花褪殘紅青杏小。
燕子飛時，
綠水人家繞。
枝上柳綿吹又少。
天涯何處無芳草？

牆裏秋千牆外道。
牆外行人，
牆裏佳人笑。
笑漸不聞聲漸杳。
多情卻被無情惱。

**蝶戀花**

**從汀州向長沙**

毛澤東

六月天兵征腐惡。

萬丈長纓，
要把鯤鵬縛。
贛水那邊紅一角。
偏師借重黃公略。

百萬工農齊踴躍。
席卷江西，
直搗湘和鄂。
國際悲歌歌一曲。
狂飆為我從天落。

## 蝶戀花

## 答李淑一

毛澤東

我失驕楊君失柳。
楊柳輕颺，
直上重霄九。
問訊吳剛何所有。
吳剛捧出桂花酒。

寂寞嫦娥舒廣袖。
萬里長空，
且為忠魂舞。
忽報人間曾伏虎。
淚飛頓作傾盆雨。

（12）**漁家傲**（六十二字）

‖ 仄⃝仄平⃝平平仄仄，
平⃝平仄⃝仄平平仄。
仄⃝仄平⃝平平仄仄。
平仄⃝仄，
平⃝平仄⃝仄平平仄。‖

**漁家傲**

**秋思**

［宋］范仲淹

塞下秋來風景異，
衡陽雁去無留意。
四面邊聲連角起。
千嶂裏，
長煙落日孤城閉。

濁酒一杯家萬里，
燕然未勒歸無計。
羌管悠悠霜滿地。
人不寐，
將軍白髮征夫淚。

## 漁家傲

### 記夢

［宋］李清照

天接雲濤連曉霧，
星河欲轉千帆舞。
彷彿夢魂歸帝所。
聞天語，
殷勤問我歸何處。

我報路長嗟日暮，
學詩謾有驚人句。
九萬里風鵬正舉。
風休住，
蓬舟吹取三山去。

## 漁家傲

### 反第一次大「圍剿」

毛澤東

萬木霜天紅爛漫，
天兵怒氣衝霄漢。
霧滿龍岡千嶂暗。
齊聲喚，
前頭捉了張輝瓚。

二十萬軍重入贛，
風煙滾滾來天半。

喚起工農千百萬。
同心幹，
不周山下紅旗亂。

(13) **滿江紅**（九十三字）

(仄)仄平平，
(平)(平)仄、(平)平(仄)仄△。
(平)(仄)仄、(仄)平(平)仄，
(仄)平(平)仄△。
(仄)仄(平)平平仄仄，
(平)平(仄)仄平平仄△。
仄(仄)平、(仄)仄仄平平，
平平仄△。

(仄)(平)仄，平(仄)仄△；
(平)(仄)仄，平平仄△。
仄平平仄仄、仄平平仄△。
(仄)仄(平)平平仄仄，
(平)平(仄)仄平平仄△。
仄(平)平、(仄)仄仄平平，
平平仄△。

（此調常用入聲韻，而且往往用一些對仗）

## 滿江紅

［宋］岳飛

怒髮衝冠，
憑欄處、瀟瀟雨歇。
抬望眼、仰天長嘯，
壯懷激烈。
三十功名塵與土，
八千里路雲和月。
莫等閒、白了少年頭，
空悲切！

靖康恥，猶未雪；
臣子恨，何時滅？
駕長車踏破、賀蘭山缺[23]。
壯志飢餐胡虜肉，
笑談渴飲匈奴血。
待從頭、收拾舊山河，
朝天闕。

## 滿江紅
## 金陵懷古

［元］薩都剌

六代豪華，
春去也、更無消息。

23 依語法結構，應該標點為：「駕長車，踏破賀蘭山缺。」這裏是按詞譜斷句。

空悵望、山川形勢，
已非疇昔。
王謝堂前雙燕子，
烏衣巷口曾相識。
聽夜深寂寞打孤城，
春潮急。

思往事，愁如織；
懷故國，空陳跡。
但荒煙衰草、亂鴉斜日。
玉樹歌殘秋露冷，
胭脂井壞寒螿泣。
到如今、只有蔣山青，
秦淮碧。

(14) **水調歌頭**（九十五字）

ⓧ仄㊥平仄，
ⓧ仄仄平平。
㊥平ⓧ仄平仄ⓧ仄仄平平
（上六下五或上四下七）。
ⓧ仄㊥平ⓧ仄，
ⓧ仄㊥平ⓧ仄，
ⓧ仄仄平平。
ⓧ仄㊥平仄，
ⓧ仄仄平平。

(平)平仄，

平(平)仄，

仄平平。

(平)平(仄)仄平仄仄仄仄平平

（上六下五或上四下七，又或作仄仄平平仄仄，仄仄仄平平）。

(仄)仄(平)平(仄)仄，

(仄)仄(平)平(仄)仄，

(仄)仄仄平平。

(仄)仄(平)平仄，

(仄)仄仄平平[24]。

（前闋後七句與後闋後七句字數平仄相同）

## 水調歌頭

## 中秋

［宋］蘇軾

明月幾時有？

把酒問青天。

不知天上宮闕、今夕是何年？

我欲乘風歸去，

又恐瓊樓玉宇，

高處不勝寒。

起舞弄清影，

何似在人間！

24 這個詞調的平仄相當靈活。前闋第三句、後闋第四句為一個十一字句，中間稍有停頓，上六下五或上四下七均可。但是近代詞人常常把它分成兩句，並且是上六下五（參看張惠言《詞選》所錄他自己的五首《水調歌頭》）。毛主席的詞也是按上六下五填寫的。這調常用一些拗句，如毛主席詞中的「子在川上曰」、「一橋飛架南北」，蘇軾詞中的「不知天上宮闕」、「起舞弄清影」等。

轉朱閣，
低綺戶，
照無眠。
不應有恨、何事偏向別時圓？
人有悲歡離合，
月有陰晴圓缺，
此事古難全。
但願人長久，
千里共嬋娟！

## 水調歌頭

［宋］陳亮

不見南師久，
漫說北群空。
當場隻手畢竟還我萬夫雄。
自笑堂堂漢使，
得似洋洋河水，
依舊只流東。
且復穹廬拜，
會向藁街逢。

堯之都，
舜之壤，
禹之封。
於中應有一個半個恥臣戎。
萬里腥膻如許，
千古英靈安在，

磅礴幾時通？

胡運何須問？

赫日自當中！

## 水調歌頭

## 重上井岡山

毛澤東

久有凌雲志，

重上井岡山。

千里來尋故地，

舊貌變新顏。

到處鶯歌燕舞，

更有潺潺流水，

高路入雲端。

過了黃洋界，

險處不須看。

風雷動，

旌旗奮，

是人寰。

三十八年過去，

彈指一揮間。

可上九天攬月，

可下五洋捉鱉，

談笑凱歌還。

世上無難事，

只要肯登攀。

## 水調歌頭

## 游泳

毛澤東

才飲長沙水，
又食武昌魚。
萬里長江橫渡，
極目楚天舒。
不管風吹浪打，
勝似閒庭信步，
今日得寬餘。
子在川上曰：
逝者如斯夫！

風檣動，
龜蛇靜，
起宏圖。
一橋飛架南北，
天塹變通途。
更立西江石壁，
截斷巫山雲雨，
高峽出平湖。
神女應無恙，
當驚世界殊。

(15) **念奴嬌**(一百字,又名百字令、酹江月、大江東去)

㊥平㊀仄,
仄平㊥、㊀仄㊥平平仄
(或仄平平㊀仄、㊀平平仄)。
㊀仄㊥平平仄仄,
㊀仄㊥平平仄。
㊀仄平平,
㊥平㊀仄,
仄仄平平仄。
㊥平㊥仄,
㊥平平仄平仄。

㊥仄㊥仄平平(或㊥平㊀仄平平),
㊥平平仄(或㊀仄平平),
㊀仄平平仄。
㊀仄㊥平平仄仄,
㊀仄㊥平平仄。
㊀仄平平,
㊥平㊀仄,
㊀仄平平仄。
㊥平㊥仄,
㊥平平仄平仄[25]。

(這調一般用入聲韻。前闋後七句與後闋後七句字數平仄相同)



25 跟《水調歌頭》一樣,這個詞調的平仄相當靈活,而且用拗句。

## 念奴嬌

## 赤壁懷古

［宋］蘇軾

大江東去，
浪淘盡、千古風流人物。
故壘西邊人道是，
三國周郎赤壁[26]。
亂石穿空，
驚濤拍岸，
捲起千堆雪。
江山如畫，
一時多少豪傑！

遙想公瑾當年：
小喬初嫁了，
雄姿英發。
羽扇綸巾，談笑間，
檣櫓灰飛煙滅。
故國神遊，
多情應笑，
我早生華髮[27]。
人生如夢，
一樽還酹江月！

---

26 依語法結構，應該標點為：「故壘西邊，人道是三國周郎赤壁。」這裏是按詞譜斷句。

27 依語法結構，應該標點為：「多情應笑我，早生華髮。」這裏是按詞譜斷句。

## 念奴嬌

## 登多景樓

［宋］陳亮

危樓還望，
嘆此意、今古幾人曾會？
鬼設神施渾認作[28]，
天限南疆北界。
一水橫陳，
連崗三面，
做出爭雄勢。
六朝何事，
只成門戶私計。

因笑王謝諸人，
登高懷遠，
也學英雄涕。
憑卻江山管不到[29]，
河洛膻腥無際。
正好長驅，
不須反顧，
尋取中流誓。
小兒破賊，
勢成寧問強對！



28 依語法結構，「渾認作」應連下讀。這和蘇軾《念奴嬌》「故壘西邊人道是」一樣，「人道是」也本該連下讀的。

29 「管」字未拘平仄。

## 念奴嬌

## 石頭城，用東坡原韻

［元］薩都剌

石頭城上，
望天低吳楚，
眼空無物。
指點六朝形勝地，
惟有青山如壁。
蔽日旌旗，
連雲檣櫓，
白骨紛如雪。
大江南北，
消磨多少豪傑！

寂寞避暑離宮，
東風輦路，
芳草年年發。
落日無人松徑冷，
鬼火高低明滅。
歌舞樽前，
繁華鏡裏，
暗換青青髮。
傷心千古，
秦淮一片明月！

(16) **沁園春**（一百十四字）

仄⃝仄平平[30]，

仄⃝仄平平，

仄仄仄平△。

仄平平仄仄（上一下四）[31]，

平⃝平仄⃝仄；

平⃝平仄⃝仄，

仄⃝仄平平△。

仄⃝仄平平，

平⃝平仄⃝仄，

仄⃝仄平平仄⃝仄平△。

平平⃝仄，

仄平⃝平仄⃝仄（上一下四），

仄⃝仄平平△。

平⃝平仄⃝仄平平△[32]。

仄⃝仄仄、平平仄⃝仄平△。

仄平⃝平仄⃝仄（上一下四），

平⃝平仄⃝仄；

平⃝平仄⃝仄，

仄⃝仄平平△。

仄⃝仄平平，

平⃝平仄⃝仄，

30 第一句可以用韻。

31 調中有四句「仄平平仄仄」，都應該了解為上一下四，即仄 + 平平仄仄。

32 這一句，依《詞律》應分兩句，即平平，仄仄平平。但是，一般都作六字句。

㊋仄平平㊋仄平。

平㊙仄（或仄平仄），

仄㊙平㊋仄（上一下四），

㊋仄平平。

（前闋後九句與後闋後九句字數平仄相同。此調一般都用較多的對仗）

## 沁園春

## 夢方孚若

［宋］劉克莊

何處相逢？

登寶釵樓，

訪銅雀台。

喚廚人斫就，

東溟鯨膾；

圉人呈罷，

西極龍媒。

天下英雄，

使君與操，

餘子誰堪共酒杯？

車千乘，

載燕南代北，

劍客奇材。

飲酣鼻息如雷。

誰信被、晨雞催喚回？

嘆年光過盡，

功名未立；

書生老去，

機會方來。

使李將軍，

遇高皇帝，

萬戶侯何足道哉？

披衣起，

但淒涼回顧，

慷慨生哀！

（「銅」字未拘平仄）

## 沁園春

## 雪

毛澤東

北國風光，

千里冰封，

萬里雪飄。

望長城內外，

惟餘莽莽；

大河上下，

頓失滔滔。

山舞銀蛇，

原馳蠟象，

欲與天公試比高。

須晴日，

看紅裝素裹，

分外妖嬈。

江山如此多嬌。
引無數英雄競折腰。
惜秦皇漢武，
略輸文采；
唐宗宋祖，
稍遜風騷。
一代天驕，
成吉思汗[33]，
只識彎弓射大雕。
俱往矣，
數風流人物，
還看今朝。

33 成吉思汗是蒙古人名，不拘平仄。

## 第三節　詞韻、詞的平仄和對仗

### (一) 詞韻

關於詞韻，並沒有任何正式的規定。戈載的《詞林正韻》，把平上去三聲分為十四部，入聲分為五部，共十九部。據說是取古代著名詞人的詞，參酌而定的，從前遵用的人頗多。其實這十九部不過是把詩韻大致合併，和上章所述古體詩的寬韻差不多。現在把這十九部開列在後面，以供參考[34]。

**(甲) 平上去聲十四部**

(1) 平聲東冬，上聲董腫，去聲送宋。

(2) 平聲江陽，上聲講養，去聲絳漾。

(3) 平聲支微齊，又灰半[35]；上聲紙尾薺，又賄半；去聲寘未霽，又泰半、隊半。

(4) 平聲魚虞；上聲語麌；去聲御遇。

(5) 平聲佳半，灰半；上聲蟹，又賄半；去聲泰半、卦半、隊半。

(6) 平聲真文，又元半；上聲軫吻，又阮半；去聲震問，又願半。

(7) 平聲寒刪先，又元半；上聲旱潸銑，又阮半；去聲翰諫霰，又願半。

(8) 平聲蕭肴豪，上聲篠巧皓，去聲嘯效號。

(9) 平聲歌，上聲哿，去聲箇。

34　戈載《詞林正韻》的韻目依照《集韻》，現在改為「平水韻」(即第四章第二、六兩節所講的詩韻)，以歸一律。

35　具體的字見於附錄《詩韻舉要》。下同。

(10) 平聲麻，又佳半；上聲馬，去聲禡，又卦半。

(11) 平聲庚青蒸，上聲梗迥，去聲敬徑。

(12) 平聲尤，上聲有，去聲宥。

(13) 平聲侵，上聲寑，去聲沁。

(14) 平聲覃鹽咸，上聲感儉豏，去聲勘豔陷。

**(乙) 入聲五部**

(1) 屋沃。

(2) 覺藥。

(3) 質物錫職緝。

(4) 物月曷黠屑葉。

(5) 合洽。

這十九部大約只能適合宋詞的多數情況。其實在某些詞人的筆下，第六部早已與第十一部、第十三部相通，第七部早已與第十四部相通。其中有語音發展的原因，也有方言的影響。

入聲韻的獨立性很強。某些詞在習慣上是用入聲韻的，例如《憶秦娥》、《念奴嬌》等。

平韻與仄韻的界限也是很清楚的。某調規定用平韻，就不能用仄韻；規定用仄韻，就不能用平韻。除非有另一體。

只有上去兩聲是可以通押的。這種通押的情況在唐代古體詩中已經開始了。

## (二) 詞的平仄

詞的特點之一就是全部用律句或基本上用律句。最明顯的律句是七言律句和五言律句。有些詞，一讀就知道這是從七絕或七律脫胎出來的。例如《浣溪沙》四十二字，就是六個律句組成的，很像一首不粘的七律，減去第三、第七兩句。這詞的後闋開頭用對仗，就像律詩頸聯用對仗一樣。《菩薩蠻》前後闋末句本來用拗句（㊀平平仄平），但是後代許多詞人都用了律句，以至萬樹《詞律》不能不在第三字注云「可仄」。如果前後闋末句都用了律句，那麼，整首《菩薩蠻》都是七言律句和五言律句組成的了。不過要注意一點：詞句常常是不粘不對的。像《菩薩蠻》開頭兩句雖然都是律句，但它們的平仄不是對立的。

不但五字句、七字句多數是律句，連三字句、四字句、六字句、八字句、九字句、十一字句等，也多數是律句。現在分別加以敘述。

**三字句**

三字句是用七言律句或五言律句的三字尾。即：平平仄，平仄仄，仄平平，仄仄平。平平仄如「須晴日」，平仄仄如「俱往矣」，仄平平如「照無眠」。兩個三字律句用在一起如「青箬笠，綠蓑衣」。

**四字句**

四字句是用七言律句的上四字。即：㊥平㊀仄，㊀仄平平。㊥平㊀仄如「天高雲淡」，㊀仄平平如「怒髮衝冠」。兩個四字律句用在一起如「唐宗宋祖，稍遜風騷」。如果先平腳，後仄腳，則如「亂石穿空，驚濤拍岸」。

**六字句**

六字句是四字句的擴展，我們把平起變為仄起，仄起變為平起，就擴展成為六字句。即 :㊀仄㊁平㊀仄，㊁平㊀仄平平。㊀仄㊁平㊀仄如「我欲乘風歸去」，㊁平㊀仄平平如「紅旗漫卷西風」。兩個六字律句用在一起如「今日長纓在手，何時縛住蒼龍」。

### 八字句

八字句往往是上三下五。如果第三字用仄聲，則第五字往往用平聲 ;如果第三字用平聲，則第五字往往用仄聲。下五字一般都用律句。第三字用仄聲的如「引無數英雄競折腰」。第三字用平聲的如「莫等閒、白了少年頭」。

### 九字句

九字句往往是上三下六，或上六下三，或上四下五。一般都用兩個律句組合而成，至少下六字或下五字是律句。如「浪淘盡、千古風流人物」。

### 十一字句[36]

十一字句往往是上四下七，或上六下五。下五字往往是律句。如「不應有恨、何事偏向別時圓」。又如「不知天上宮闕、今夕是何年」。

詞中還有二字句、一字句、一字豆[37]。現在再分別加以敘述。

---

36　十字句罕見，不討論。

37　豆，就是讀（dòu）。句中稍有停頓叫豆。一字豆不須點斷，只須把五字句看成「上一下四」就是了。

## 二字句

二字句一般是平仄（第一字平聲，第二字仄聲），而且往往是疊句。如「山下，山下」。又如王建《調笑令》，「團扇，團扇。……絃管，絃管」。個別詞牌也用平平。如辛棄疾《南鄉子》:「千古興亡多少事，悠悠！……天下英雄誰敵手？曹劉。」

## 一字句

一字句很少見。只有十六字令的第一句是一字句。

## 一字豆

一字豆是詞的特點之一。懂得一字豆，才不至於誤解詞句的平仄。有些五字句，實際上是上一下四。例如「望長城內外」，「望」字是一字豆，「長城內外」是四字律句。這樣，「長城內外，惟餘莽莽」和「大河上下，頓失滔滔」就成為整齊的對仗。

## 特種律

特種律句主要指的是比較特別的仄腳四字句和六字句。仄腳四字律句是「(平)平(仄)仄」，但是特種律句則是「(仄)平**平**仄」（第三字必平）；仄腳六字律句是「(仄)仄(平)平(仄)仄」，但是特種律句則是「(仄)仄仄平**平**仄」（第五字必平）。《憶秦娥》前後闋末句，依《詞律》就該是特種律句。其實，前後闋倒數第二句也常常用特種律句。如「馬蹄**聲**碎，喇叭**聲**咽」，「蒼山**如**海，殘陽**如**血」。《如夢令》的六字句也常用特種律句。如「寧化、清流、**歸**化，路隘林深**苔**滑」，「直指武夷**山**下」，「風展紅旗**如**畫」。又如「昨夜雨疏**風**驟，濃睡不消**殘**酒」，「卻道海棠**依**舊」，「應是綠肥**紅**瘦」。

### 拗句

大多數的詞牌都是沒有拗句的。但是也有少數詞牌用一些拗句。例如《念奴嬌》前後闋末句（如「一時多少豪傑」，「一樽還酹江月」），《水調歌頭》前闋第三句上六字（如「不知天上宮闕」），後闋第四句上六字（如「一橋飛架南北」），都是「㊣平平仄平仄」，就都是拗句。

總之，從律句去了解詞的平仄，十分之九的問題都解決了[38]。

## （三）詞的對仗

詞的對仗，有固定的，有一般用對仗的，有自由的。

固定的對仗，例如《西江月》前後闋頭兩句。此類固定的對仗是很少見的。

一般用對仗的（但也可以不用），例如《沁園春》前闋第二三兩句、第四五句和第六七句、第八九兩句；後闋第三四句和第五六句、第七八兩句。又如《念奴嬌》前後闋第五、六兩句。又如《浣溪沙》後闋頭兩句。

《沁園春》前闋第四五、六七兩聯，如「望長城內外，惟餘莽莽；大河上下，頓失滔滔」。後闋第三四、五六兩聯，如「惜秦皇漢武，略輸文采；唐宗宋祖，稍遜風騷」。這是以兩句對兩句，跟一般對仗不同。像這樣以兩句對兩句的對仗，稱為扇面對[39]。

---

38　關於詞的平仄，還有許多講究。如有些地方該用去聲，有的地方該用上聲，又有人以為入聲、上聲可以代替平聲。這只是技巧的事或變通的辦法，不必認為格律，所以略而不講。

39　詩也有扇面對，但不如詞的扇面對那樣常見。

凡前後兩句字數相同的，都有用對仗的可能。例如《憶秦娥》前後闋末兩句，《水調歌頭》前闋第五、六兩句，後闋第六、七兩句，等等。但是這些地方用不用對仗完全是自由的。

詞的對仗，有兩點和律詩不同。第一，詞的對仗不一定要以平對仄，以仄對平。如「千里冰封，萬里雪飄」；又如「望長城內外，惟餘莽莽 ；大河上下，頓失滔滔」（城對河，是平對平 ；外對下，是仄對仄）。第二，詞的對仗可以允許同字相對。如「千里冰封」對「萬里雪飄」，又如「馬蹄聲碎」對「喇叭聲咽」，「蒼山如海」對「殘陽如血」。

除了這兩點之外，詞的對仗跟詩的對仗是一樣的。

詞韻、詞的平仄和對仗都是從律詩的基礎上加以變化的。因此，要研究詞，最好是先研究律詩。律詩研究好了，詞就容易懂了。

# 第十章

## 詞的律句、拗句和對仗

## 第一節　律句

詞雖是長短句，但基本上用的是律句。非但五字句、七字句絕大多數是律句，連三字句、四字句、六字句也絕大多數是律句。三字句可以認為是七言律句的末三字，四字句可以認為是七言律句的前四字，六字句可以認為是七言律句的前六字。

現在先談七言律句和五言律句。有些詞是完全由七言律句構成的。例如：

**浣溪沙**

［北宋］蘇軾

麻葉層層檾葉光。
誰家煮繭一村香？
隔籬嬌語絡絲娘。

垂白杖藜抬醉眼，
捋青擣炒軟飢腸。
問言豆葉幾時黃？

有些詞是完全由五言律句構成的。例如：

**生查子**

**題京口郡治塵表亭**

［南宋］辛棄疾

悠悠萬世功，

矹矹當年苦[1]。
魚自入深淵，
人自居平土。

紅日又西沉，
白浪長東去。
不是望金山，
我自思量禹。

有些詞是五言律句與七言律句合成的。例如：

## 卜算子

［南宋］朱敦儒

旅雁向南飛，
風雨群相失。
飢渴辛勤兩翅垂，
獨下寒汀立。

鷗鷺苦難親，
矰繳憂相逼。
雲海茫茫無處歸，
誰聽哀鳴急？

詞的律句比詩的律句更為嚴格，不容許有變格。這就是說：

1　矹：讀 wù，入聲。

（一）平仄腳，五言第三字必平，七言第五字必平。例如：

一任群芳妒。（陸游《卜算子》）

波上寒煙翠。（范仲淹《蘇幕遮》）

六朝舊事隨流水。（王安石《桂枝香》）

芭蕉不展丁香結。（賀鑄《石州引》）

八千里路雲和月。（岳飛《滿江紅》）

（二）仄仄腳，五言第三字必平，七言第五字必平。例如：

小喬初嫁了。（蘇軾《念奴嬌》）

玉階空佇立。（李白《菩薩蠻》）

塞下秋來風景異。（范仲淹《漁家傲》）

無可奈何花落去。（晏殊《浣溪沙》）

夜飲東坡醒復醉[2]。（蘇軾《臨江仙》）

（三）仄平腳，五言第三字必仄，七言第五字必仄[3]。例如：

雲隨雁字長。（晏幾道《阮郎歸》）

殷勤理舊狂。（同上）

飢渴辛勤兩翅垂。（朱敦儒《卜算子》）

零落成泥碾作塵。（陸游《卜算子》）

一片春愁帶酒澆。（蔣捷《一剪梅》）

（四）平平腳，五言第三字必仄，七言第五字必仄。例如：

2 醒：讀 xīng。

3 有個別例外，如秦觀「枕上流鶯和淚聞」。

簾外雨潺潺。（李煜《浪淘沙》）

月上柳梢頭。（朱淑真《生查子》）

稻花香裏説豐年[4]。（辛棄疾《西江月》）

當年萬里覓封侯。（陸游《訴衷情》）

老夫聊發少年狂。（蘇軾《江城子》）

現在說到三字句，三字句有平平仄、平仄仄、仄仄平、仄平平四種。例如：

流年改。（陸游《沁園春》）

多少恨。（李煜《憶江南》）

汴水流。（白居易《長相思》）

月如鈎。（李煜《烏夜啼》）

再說到四字句。四字句有(平)平(仄)仄、(仄)仄平平兩種：

（一）(平)平(仄)仄。例如：

驚濤拍岸。（蘇軾《念奴嬌》）

登臨送目。（王安石《桂枝香》）

西窗過雨。（王沂孫《齊天樂》）

茫茫夢境。（陸游《沁園春》）

青樓夢好。（姜夔《揚州慢》）

這個句型，第一字可仄，但是比較少見。例如：

4 「說」是入聲字。

不應有恨。（蘇軾《水調歌頭》）

另有一種特定句型是仄平平仄，第三字必須用平聲，不能用仄聲。這種句型比上述的那種句型多得多。這是詞句的特點，特別值得注意。例如：

灞陵傷別。（李白《憶秦娥》）[5]
漢家陵闕。（同上）
翠峰如簇。（王安石《桂枝香》）
畫圖難足。（同上）
謾嗟榮辱。（同上）
後庭遺曲。（同上）
月流煙渚。（張元幹《賀新郎》）
氣吞驕虜。（同上）
玉箏調柱。（王沂孫《齊天樂》）
頓成淒楚。（同上）
露濃花瘦。（李清照《點絳唇》）
倚門回首。（同上）

這個句型，第一字可平，但是比較少見。例如：

江山如畫。（蘇軾《念奴嬌》）
雄姿英發。（同上）
多情應笑。（同上）
人生如夢。（同上）

5 《憶秦娥》詞譜規定用這個特定句型。下仿此。

（二）(仄)仄平平，第三字必須用平聲，不能用仄聲。例如：

亂石穿空。（蘇軾《念奴嬌》）

故國神遊。（同上）

乍咽涼柯。（王沂孫《齊天樂》）

鏡暗妝殘。（同上）

病翼驚秋。（同上）

謾想熏風。（同上）

再過遼天。（陸游《沁園春》）

畢竟成塵。（同上）

載酒園林。（同上）

點鬢霜新。（同上）

更有人貧。（同上）

躲盡危機。（同上）

這個句型第一字可平，音韻效果是一樣的。例如：

春意闌珊。（李煜《浪淘沙》）

無限江山。（同上）

天上人間。（同上）

楊柳風輕。（馮延巳《蝶戀花》）

紅杏開時。（同上）

再說到六字句，六字句有(仄)仄平平仄仄、(平)平(仄)仄平平兩種。

（一）(仄)仄平平仄仄，注意第三字用平聲。例如：

三國周郎赤壁。（蘇軾《念奴嬌》）
千古憑高對此。（王安石《桂枝香》）
未放扁舟夜渡[6]。（張元幹《賀新郎》）
料峭春寒中酒。（吳文英《風入松》）
惆悵雙鴛不到。（同上）
贏得倉皇北顧。（辛棄疾《永遇樂》）
一片神鴉社鼓。（同上）

（二）㊥平㊇仄平平，注意第五字用平聲。例如：

歸來彷彿三更。（蘇軾《臨江仙》）
何時忘卻營營？（同上）
清風半夜鳴蟬。（辛棄疾《西江月》）
兩三點雨山前。（同上）
交親散落如雲。（陸游《沁園春》）
交加曉夢啼鶯。（吳文英《風入松》）
幽階一夜苔生。（同上）
錢塘自古繁華。（柳永《望海潮》）
參差十萬人家。（同上）
重湖疊巘清嘉。（同上）
嬉嬉釣叟蓮娃。（同上）
夢回吹角連營。（辛棄疾《破陣子》）
弓如霹靂弦驚。（同上）
解鞍少駐初程。（姜夔《揚州慢》）
吹寒都在空城。（同上）

6 扁：讀 piān。

年年知為誰生？（同上）

另有一種特定句型是㊀仄㊀平平仄，第五字必平。這和四字句第三字必平一樣，是詞律的特點。例如：

千古風流人物。（蘇軾《念奴嬌》）
檣櫓灰飛煙滅。（同上）
二十四橋仍在。（姜夔《揚州慢》）
遠客一枝先折。（賀鑄《石州慢》）
杳杳音塵都絕。（同上）
何況落紅無數。（辛棄疾《摸魚兒》）
脈脈此情誰訴？（同上）

此外，還有八字句、九字句、十字句、十一字句。八字句是上三下五；九字句是上三下六或上五下四；十字句是上三下七；十一字句一般是上六下五，也有上四下七的。例如：

莫等閒、白了少年頭。（岳飛《滿江紅》）
待從頭、收拾舊山河。（同上）
正人間、鼻息鳴鼉鼓。（張元幹《賀新郎》）
過苕溪、尚許垂綸否？（同上）
浪淘盡、千古風流人物。（蘇軾《念奴嬌》）
駕長車踏破、賀蘭山缺。（岳飛《滿江紅》）
見說道、天涯芳草無歸路。（辛棄疾《摸魚兒》）
君不見、玉環飛燕皆塵土！（同上）
不知天上宮闕、今夕是何年。（蘇軾《水調歌頭》）

當場隻手、畢竟還我萬夫雄。（陳亮《水調歌頭》）

如果是上六下五，則上半是拗句（仄平平仄平仄），下半是律句（㊀仄仄平平）；如果是上四下七，則上半是律句（㊥平㊀仄），下半是拗句（㊥仄㊥仄仄平平）。

有些四字句，其實是上一下三。上一字一般用仄聲，下三字用律句。例如張孝祥《六州歌頭》「念腰間箭」。

有些五字句，其實是上一下四。上一字一般用仄聲，下四字用律句，即㊥平㊀仄。例如：

有三秋桂子。（柳永《望海潮》）

嘆移盤去遠。（王沂孫《齊天樂》）

嘆圍腰帶剩。（陸游《沁園春》）

有漁翁共醉。（同上）

過春風十里。（姜夔《揚州慢》）

使行人到此。（張孝祥《六州歌頭》）

而且往往用詞律特定的律句，即㊀平平仄。例如：

念纍纍枯塚[7]。（陸游《沁園春》）

幸眼明身健。（同上）

漸黃昏清角。（姜夔《揚州慢》）

念橋邊紅藥。（同上）

恰而今時節。（賀鑄《石州慢》）

兩厭厭風月[8]。（同上）

7 纍：讀 léi，平聲。

8 厭：讀 yān，平聲。

看名王宵獵。(張孝祥《六州歌頭》)

不要誤會某些是拗句（在五言律詩中，仄平平平仄是拗句，因為第二、四皆平），其實都是詞中的律句。

又有一些平腳的五字句，上一下四。上一字一般用仄聲，下四字用律句，即㊀仄平平，倒數第二字必平[9]。例如：

怪瑤佩流空。(王沂孫《齊天樂》)

甚獨抱清商。(同上)

在第二、四字都用平聲的時候，也不要誤會是拗句。

有些七字句是上三下四，一般用的是三字律句加四字律句，或者是三字拗句加四字律句，或者是三字律句加四字拗句。例如：

背西風、酒旗斜矗。(王安石《桂枝香》)

念往昔、繁華競逐。(同上)

但寒煙、衰草凝綠。(同上)

倚高寒、愁生故國。(張元幹《賀新郎》)

謾暗澀、銅華塵土。(同上)

一絲柳、一寸柔情。(吳文英《風入松》)

有當時、纖手香凝。(同上)

憑闌處、瀟瀟雨歇。(岳飛《滿江紅》)

抬望眼、仰天長嘯。(同上)

想當年、金戈鐵馬。(辛棄疾《永遇樂》)

9　王安石《桂枝香》「正故國晚秋」，「晚」字仄聲，是例外。

憑誰問、廉頗老矣。（同上）

二十年、重過南樓。（劉過《唐多令》）

舊江山、渾是新愁。（同上）

自胡馬、窺江去後。（姜夔《揚州慢》）

算而今，重到須驚。（同上）

波心蕩、冷月無聲。（同上）

常南望，翠葆霓旌。（張孝祥《六州歌頭》）

## 第二節　拗句

詞句雖然大多數是律句，但是某些詞譜又規定一些拗句，就是必須用拗，不能用律。例如：

### 四字句

仄仄仄平。

換盡舊人。（陸游《沁園春》）

平仄平仄。

孫仲謀處。（辛棄疾《永遇樂》）

仄平仄仄。

尚能飯否？（同上）

### 五字句

仄平平仄平[10]。

有人樓上愁。（李白《菩薩蠻》）

日長飛絮輕。（晏殊《破陣子》）

笑從雙臉生。（同上）

平仄仄平仄。

煙柳斷腸處。（辛棄疾《摸魚兒》）

### 六字句

仄平平仄平仄。（第一字必仄）

一時多少豪傑。（蘇軾《念奴嬌》）

一樽還酹江月。（同上）

10　這是孤平拗救，雖然詞譜說第一字可平，實際上以仄聲為正格。

㊥平㊥仄平仄。

關河夢斷何處。(陸游《訴衷情》)

平平平仄平仄。(第一、三字必平)

蛾眉曾有人妒。(辛棄疾《摸魚兒》)

銅仙鉛淚如洗。(王沂孫《齊天樂》)

平平仄平平仄。

年年翠陰庭樹。(王沂孫《齊天樂》)

### 七字句

㊀仄㊀平平平仄。

喚取謫仙平章看。(張元幹《賀新郎》)

仄平平仄仄平仄。

為誰嬌鬢尚如許。(王沂孫《齊天樂》)

㊥仄㊥仄仄平平。

何事偏向別時圓。(蘇軾《水調歌頭》)

㊀㊀仄、平平仄平。

被白髮、欺人奈何。(辛棄疾《太常引》)

人道是、清光更多。(同上)

當然,所謂拗句,只是對律句而言的說法。其實就詞來說,既然詞譜規定了這些句型,那就應該說這不是拗句,而是正格了。

## 第三節　對仗

詞的對仗，沒有硬性規定，只要前後兩句字數相等，就可以用對仗，也可以不用對仗。只有少數詞譜，習慣上是要用對仗的。例如：

（一）《西江月》前後闋第一、二兩句：

明月別枝驚鵲，清風半夜鳴蟬。
七八個星天外，兩三點雨山前。（辛棄疾）

（二）《浣溪沙》第四、五兩句：

無可奈何花落去，似曾相識燕歸來。（晏殊）

（三）《沁園春》前闋第八、九兩句，後闋第七、八兩句：

載酒園林，尋花巷陌。
躲盡危機，消殘壯志。（陸游）

（四）《訴衷情》後闋第一、二句：

胡未滅，鬢先秋。（陸游）

（五）《念奴嬌》前闋第五、六兩句：

亂石穿空，驚濤拍岸。（蘇軾）

（六）《水調歌頭》後闋第五、六兩句：

人有悲歡離合，月有陰晴圓缺。（蘇軾）

（七）《鷓鴣天》前闋第三、四兩句：

一春魚鳥無消息，千里關山勞夢魂。（秦觀）

（八）《齊天樂》後闋第四、五兩句：

病翼驚秋，枯形閱世。（王沂孫）

（九）《滿江紅》前闋第五、六兩句，後闋第六、七兩句：

三十功名塵與土，八千里路雲和月。
壯志飢餐胡虜肉，笑談渴飲匈奴血（岳飛）

（十）《望海潮》前後闋第四、五兩句，又前闋第十、十一兩句：

煙柳畫橋，風簾翠幕。
市列珠璣，戶盈羅綺。
羌管弄晴，菱歌泛夜。（柳永）

（十一）《長相思》前後闋第一、二兩句：

汴水流，泗水流。

思悠悠，恨悠悠。（白居易）

（十二）《相見歡》後闋第一、二兩句：

剪不斷，理還亂。（李煜）

（十三）《桂殿秋》第一、二兩句，又第四、五兩句：

秋色裏，月明中。
蟠桃已結瑤池露，桂子初開玉殿風。（向子諲）

（十四）《破陣子》前後闋第一、二兩句，又第三、四兩句：

醉裏挑燈看劍，夢回吹角連營。
八百里分麾下炙，五十弦翻塞外聲。
馬作的盧飛快，弓如霹靂弦驚。
了卻君王天下事，贏得生前身後名。（辛棄疾）

（十五）《阮郎歸》後闋第一、二兩句：

蘭佩紫，菊簪黃。（晏幾道）

有些詞譜的對仗更隨便，更自由，可對可不對。下面所舉的例子，就是可對可不對的：

（一）《桂枝香》前闋第八、九兩句：

彩舟雲淡，星河鷺起。（王安石）

（二）《清平樂》後闋第一、二兩句：

大兒鋤豆溪東，中兒正織雞籠。（辛棄疾）

（三）《訴衷情》後闋末兩句：

心在天山，身老滄洲。（陸游）

（四）《風入松》前後闋末兩句：

料峭春寒中酒，交加曉夢啼鶯。
惆悵雙鴛不到，幽階一夜苔生[11]。（吳文英）

（五）《一剪梅》前後闋第二、三兩句和第五、六兩句：

江上舟搖，樓上簾招。
風又飄飄，雨又瀟瀟。
銀字箏調，心字香燒。
紅了櫻桃，綠了芭蕉！（蔣捷）

（六）《生查子》前闋末兩句：

月上柳梢頭，人約黃昏後。（朱淑真）



11 這一聯半對半不對。

（七）《江城子》前後闋第二、三兩句：

左牽黃，右擎蒼[12]。（蘇軾）

（八）《蘇幕遮》前後闋第一、二句：

碧雲天，黃葉地。
黯鄉魂，追旅思。（范仲淹）

（九）《最高樓》前闋第四、五兩句，第六、七兩句，第九、十兩句；後闋第一、二兩句，第三、四兩句，第五、六兩句，第八、九兩句：

八音相應諧韶樂，一聲未了落梁塵。
輕郢客，重巴人。
只少個、綠珠橫玉笛，更少個、雪兒彈錦瑟。
欺賀晏，壓黃秦。
可憐樵唱並菱曲，不逢御手與龍巾。
篷底月，瓮間春。（劉克莊）

（十）《石州慢》前闋第一、二兩句，後闋第二、三兩句：

薄雨收寒，斜照弄晴。
畫樓芳酒，紅淚清歌。（賀鑄）

12 蘇軾在後闋沒有用對仗。

（十一）《六州歌頭》前闋第三、四兩句，第八、九兩句，第十、十一兩句：

征塵暗，霜風勁。

殆天數，非人力。

洙泗上，絃歌地。（張孝祥）

有時候，不是兩句對仗，而是三句排比。但這種情況是少見的。例如：

時易失，心徒壯，歲將零。（張孝祥《六州歌頭》）

如果四字句是上一下三，應該看作三字句與下面三字句對仗，上一字不算在對仗之內。例如：

念腰間箭，匣中劍。（張孝祥《六州歌頭》）

如果五字句是上一下四，應該看作四字句與下面四字句對仗，上一字不算在對仗之內。例如：

有三秋桂子，十里荷花。（柳永《望海潮》）

幸眼明身健，茶甘飯軟。（陸游《沁園春》）

縱豆蔻詞工，青樓夢好。（姜夔《揚州慢》）

但荒煙衰草，亂鴉斜日。（薩都剌《滿江紅》）

有一種對仗，叫做扇面對，就是把兩句作為上聯，兩句作為下聯，四句構成一個對仗。這種扇面對往往出現在《沁園春》中，特別值得注意。例如：

甚雲山自許，平生意氣；衣冠人笑，抵死塵埃。
要小舟行釣，先應種柳；疏籬護竹，莫礙觀梅。
（辛棄疾《沁園春·帶湖新居初成》）

正驚湍直下，跳珠倒濺；小橋橫截，缺月初弓。
似謝家子弟，衣冠磊落；相如庭戶，車騎雍容。
（辛棄疾《沁園春·靈山齊庵賦》）

喚廚人斫就，東溟鯨膾；圉人呈罷，西極龍媒。
嘆年光過盡，功名未立；書生老去，機會方來。
（劉克莊《沁園春·夢孚若》）

古體詩中的對仗，不避同字相對。詞也一樣，某些詞譜是不避同字相對的。例如：

人有悲歡離合，月有陰晴圓缺。（蘇軾《念奴嬌》）
汴水流，泗水流。
思悠悠，恨悠悠。（白居易《長相思》）
大兒鋤豆溪東，中兒正織雞籠。（辛棄疾《清平樂》）
江上舟搖，樓上簾招。
風又飄飄，雨又瀟瀟。
銀字箏調，心字香燒。
紅了櫻桃，綠了芭蕉。（蔣捷《一剪梅》）
只少個、綠珠橫玉笛，更少個、雪兒彈錦瑟。
（劉克莊《最高樓》）

律詩的對仗，上聯的平仄和下聯的平仄是對立的。詞的對仗有兩個類型：第一個類型和律詩的平仄一樣，平對仄，仄對平；第二個類型和律詩的平仄不一樣，或者上下聯平仄完全相同，或者以平仄腳對仄仄腳，或者以平仄腳對平平腳，或者以平平腳對平仄腳。這些都是詞譜裏規定了的。關於第二類型的對仗，舉例如下：

（一）上下聯平仄完全相同者：

人有悲歡離合，
月有陰晴圓缺。（蘇軾《水調歌頭》）
江上舟搖，
樓上簾招。（蔣捷《一剪梅》）
左牽黃，
右擎蒼。（蘇軾《江城子》）
征塵暗，
霜風勁。（張孝祥《六州歌頭》）
荒煙衰草，
亂鴉斜日。（薩都剌《滿江紅》）
眼明身健，
茶甘飯軟。（陸游《沁園春》）

（二）以平仄腳對仄仄腳者：

三十功名塵與土，
八千里路雲和月。（岳飛《滿江紅》）

（三）以平仄腳對平平腳者：

月上柳梢頭，<br>
　○　○<br>
人約黃昏後[13]。（朱淑真《生查子》）<br>
　○　○△

（四）以平平腳對平仄腳者：

八音相應諧韶樂，<br>
●○　○　○<br>
一聲未了落梁塵。（劉克莊《最高樓》）<br>
●○　○●○△<br>
可憐樵唱並菱曲，<br>
　○　○　○●<br>
不逢御手與龍巾。（同上）<br>
●○　○　○△

13　字下的圓圈表示上下聯平仄相同。

# 第十一章

## 詩詞的節奏及其語法特點

## 第一節　詩詞的節奏

詩詞的節奏和語句的結構是有密切關係的。換句話說，也就是和語法有密切關係的。因此，我們把節奏問題放在這裏來講。

### （一）詩詞的一般節奏

這裏所講的詩詞的一般節奏，也就是律句的節奏。律句的節奏，是以每兩個音節（即兩個字）作為一個節奏單位的。如果是三字句、五字句和七字句，則最後一個字單獨成為一個節奏單位。具體說來，如下表：

**三字句：**

平平——仄　仄仄——平

平仄——仄　仄平——平

**四字句：**

平平——仄仄　仄仄——平平

**五字句：**

仄仄——平平——仄　平平——仄仄——平

平平——平仄——仄　仄仄——仄平——平

**六字句：**

仄仄——平平——仄仄　平平——仄仄——平平

**七字句：**

平平——仄仄——平平——仄 仄仄——平平——仄仄——平

仄仄——平平——平仄——仄 平平——仄仄——仄平——平

從這一個角度上看，「一三五不論，二四六分明」這兩句口訣是基本上正確的：第一、第三、第五字不在節奏點上，所以可以不論；第二、第四、第六字在節奏點上，所以需要分明[1]。

意義單位常常是和聲律單位結合得很好的。所謂意義單位，一般地說就是一個詞（包括複音詞）、一個詞組、一個介詞結構（介詞及其賓語）、或一個句子形式，所謂聲律單位，就是節奏。就多數情況來說，二者在詩句中是一致的。因此，我們試把詩句按節奏來分開，每一個雙音節奏常常是和一個雙音詞、一個詞組或一個句子形式相當的。

例如：

西風——烈，長空——雁叫——霜晨——月。（毛澤東）

指點——江山，激揚——文字，糞土——當年——萬戶——侯。（毛澤東）

寧化——清流——歸化，路隘——林深——苔滑。（毛澤東）

天連——五嶺——銀鋤——落，地動——三河——

1 這兩句口訣之所以不完全正確，是由於其他聲律的原因，已見上文。

鐵臂——搖。（毛澤東）

晴川——歷歷——漢陽——樹，芳草——萋萋——鸚鵡——洲。（崔顥）

別來——滄海——事，語罷——暮天——鐘。（李益）

應當指出，三字句，特別是五言、七言的三字尾，三個音節的結合是比較密切的，同時，節奏點也是可以移動的。移動以後，就成為下面的另一種情況：

**三字句：**

平——平仄　仄——仄平

平——仄仄　仄——平平

**五字句：**

仄仄——平——平仄　平平——仄——仄平

平平——平——仄仄　仄仄——仄——平平

**七字句：**

平平——仄仄——平——平仄　仄仄——平平——仄——仄平

仄仄——平平——平——仄仄　平平——仄仄——仄——平平

我們試看，另一種詩句則是和上述這種節奏相適應的：

須——晴日。（毛澤東）

起——宏圖。（毛澤東）

雨後——復——斜陽。（毛澤東）

六億——神州——盡——舜堯。（毛澤東）。

海月——低——雲旆，江霞——入——錦車。(錢起)

亂花——漸欲——迷——人眼，淺草——才能——沒——馬蹄。(白居易)

實際上，五字句和七字句都可以分為兩個較大的節奏單位：五字句分為二三，七字句分為四三。這樣，不但把三字尾看成一個整體，連三字尾以外的部分也看成一個整體。這樣分析更合於語言的實際，也更富於概括性。例如：

雨後——復斜陽。

別來——滄海事，語罷——暮天鐘。

天連五嶺——銀鋤落，地動三河——鐵臂搖。

晴川歷歷——漢陽樹，芳草萋萋——鸚鵡洲。

五字句分為二三，七字句分為四三，這是符合大多數情況的。但是節奏單位和語法結構的一致性也不能絕對化，有些特殊情況是不能用這個方式來概括的。例如有所謂折腰句，按語法結構是三一三。陸游《秋晚登城北門》：「一點烽傳散關信，兩行雁帶杜陵秋。」如果分為兩半，那就只能分成三四，而不能分成四三。又如毛主席的《沁園春·長沙》：「糞土當年萬戶侯」，這個七字句如果要採用兩分法，就只能分成二五（「糞土——當年萬戶侯」），而不能分成四三；又如毛主席的《七律·贈柳亞子先生》「風物長宜放眼量」，這個七字句也只能分成二五（「風物——長宜放眼量」），而不能分成四三。還有更特殊的情況。例如王維《送嚴秀才入蜀》「山臨青塞斷，江向白雲平」；杜甫《春宿左省》「星臨萬戶動，月傍九霄多」；李白《渡荊門送別》「山隨平野盡，江入大荒流」。「臨青塞」、「臨萬戶」、「隨平野」、「向白雲」、「傍九霄」、「入大荒」，都是動賓結構作狀語用，它們的作用等於一個介詞結構，按二三分開是不合於語法結構的。又如杜甫《旅夜書懷》「名豈文章著，官應老病休」，按節奏單位應該分為二三或二二一，但按語法結構則應分為一四（「名 —— 豈文章著，官 —— 應老病休」），二者之間是有矛盾的。

杜甫《宿府》「永夜角聲悲自語，中天月色好誰看」，按語法結構應該分成五二（「永夜角聲悲 —— 自語，中天月色好 —— 誰看」）。王維《山居》「鶴巢松樹遍，人訪蓽門稀」，按語法結構應該分成四一（「鶴巢松樹 —— 遍，人訪蓽門 —— 稀」）。元稹《遣行》「尋覓詩章在，思量歲月驚」，按語法結構也應該分成四一（「尋覓詩章 —— 在，思量歲月 —— 驚」）。這種結構是違反詩詞節奏三字尾的情況的。

在節奏單位和語法結構發生矛盾的時候，矛盾的主要方面是語法結構。事實上，詩人們也是這樣解決了矛盾的。

當詩人們吟哦的時候，仍舊按照三字尾的節奏來吟哦，但並不改變語法結構來遷就三字尾。

節奏單位和語法結構的一致是常例，不一致是變例。我們把常例和變例區別開來，節奏的問題也就看清楚了。

### （二）詞的特殊節奏

詞譜中有着大量的律句，這些律句的節奏自然是和詩的節奏一樣的。但是，詞在節奏上有它的特點，那就是那些非律句的節奏。

在詞譜中，有些五字句無論按語法結構說或按平仄說，都應該認為一字豆加四字句（參看上文第九章第三節）。特別是後面跟着對仗，四字句的性質更為明顯。試看毛主席《沁園春．長沙》:「看萬山紅遍，層林盡染；漫江碧透，百舸爭流。」又試看毛主席《沁園春．雪》:「望長城內外，惟餘莽莽；大河上下，頓失滔滔。」按四字句，應該是一三不論，第一字和第三字可平可仄，所以「萬」字仄而「長」字平，「紅」字平而「內」字仄。這裏不能按律詩的五字句來分析，因為這是詞的節奏特點。所以當我們分析節奏的時候，對這一種句子應該分析成為「仄 —— ㊣平 —— ㊀仄」，而於具體的詞句則分析成為「看 —— 萬山 —— 紅遍」，「望 —— 長城 —— 內外」。這樣，節奏單位和語法結構還是完全一致的。

毛主席《沁園春．長沙》後闋:「恰同學少年，風華正茂；書生意氣，揮斥方遒。」也有類似的情況。按詞譜，「同學少年」應是㊣平㊀仄，現在用了㊀仄㊣平是變通。從「恰同學少年」這個五字句來說，並不犯孤平，因為這是一字豆加四字句，不能看成是五字律句。

不用對仗的地方也可以有這種五字句。仍以《沁園春》為例。毛主席《沁園春．長沙》前闋:「問蒼茫大地，誰主沉浮？」後闋:「到中流擊水，浪遏飛舟。」《沁園春．雪》前闋:「看紅裝素裹，分外妖嬈。」後闋:「數風流人物，還看今朝。」其中的五字句，無論按語法結構或者是按平仄，都是一字豆加四字句。「大」、「擊」、「素」、「人」都落在四字句的第三字上，所以不拘平仄。

五字句也可以是上三下二，平仄也按三字句加二字句。例如張元幹《石州慢》前闋末句「倚危檣清絕」，後闋末句「泣孤臣吳越」，它的節奏是「仄平平 —— 平仄」。

四字句也可以是一字豆加三字句。例如張孝祥《六州歌頭》:「念腰間箭，匣中劍，空埃蠹，竟何成！」其中的「念腰間箭」，就是這種情況。

七字句也可以是上三下四。例如辛棄疾《摸魚兒》:「更能消幾番風雨？」又如辛棄疾《太常引》:「人道是清光更多[2]。」

八字句往往是上三下五，九字句往往是上三下六，或上四下五，十一字句往往是上五下六，或上四下七，這些都在上文談過了，值得注意的是語法結構和節奏單位的一致性。

在這一類的情況下，詞譜是先有句型，後有平仄規則的。例如《沁園春》末兩句，在陸游詞中是「有漁翁共醉，溪友為鄰」，這個句型就是一個一字豆加兩個四字句，然後規定這兩句的節奏是「仄 —— ㊣平㊀仄，㊀仄平平」。又如《沁園春》後闋第二句，在陸游詞中是「又豈料而今餘此身」，這個句型是上三下五，然後規定它的節奏是「仄㊀仄 —— 平平㊀仄平」。在這裏，語法結構對詞的節奏是起決定作用的。



2 這是一個拗句，這裏不詳細討論。

## 第二節　詩詞的語法特點





由於文體的不同，詩詞的語法和散文的語法不是完全一樣的。律詩為字數及平仄規則所制約，要求在語法上比較自由；詞既以律句為主，它的語法也和律詩差不多。這種語法上的自由，不但不妨礙讀者的了解，而且有時候還在一定程度上增加藝術效果。

關於詩詞的語法特點，這裏也不必詳細討論，只揀重要的幾點談一談。

### （一）不完全句

本來，散文中也有一些不完全的句子，但那是個別情況。在詩詞中，不完全句則是經常出現的。詩詞是最精練的語言，要在短短的幾十個字中，表現出尺幅千里的畫面，所以有許多句子的結構就非壓縮不可。所謂不完全句，一般指沒有謂語，或謂語不全的句子。最明顯的不完全句是所謂名詞句。一個名詞性的詞組，就算一句話。例如杜甫的《春日憶李白》中兩聯：

清新庾開府，俊逸鮑參軍。
渭北春天樹，江東日暮雲。

若依散文的語法看，這四句話是不完整的，但是詩人的意思已經完全表達出來了。李白的詩，清新得像庾信的詩一樣，俊逸得像鮑照的詩一樣。當時杜甫在渭北（長安），李白在江東，杜甫看見了暮雲春樹，觸景生情，就引起了甜蜜的友誼的回憶來。這個意思不是很清楚嗎？假如增加一些字，反而令人感到是多餘的了。

崔顥《黃鶴樓》:「晴川歷歷漢陽樹,芳草萋萋鸚鵡洲。」這裏有四層意思 :「晴川歷歷」是一個句子,「芳草萋萋」是一個句子,「漢陽樹」與「鸚鵡洲」則不成為句子。但是,漢陽樹和晴川的關係,芳草和鸚鵡洲的關係,卻是表達出來了。因為晴川歷歷,所以漢陽樹更看得清楚了 ;因為芳草萋萋,所以鸚鵡洲更加美麗了。

杜甫《月夜》:「香霧雲鬟濕,清輝玉臂寒。」這裏也有四層意思 :「雲鬟濕」是一個句子形式,「玉臂寒」是一個句子形式,「香霧」和「清輝」則不成為句子形式。但是,香霧和雲鬟的關係,清輝和玉臂的關係,卻是很清楚了。杜甫懷念妻子,想像她在鄜州獨自一個人觀看中秋的明月,在亂離中懷念丈夫,深夜還不睡覺,雲鬟為露水所侵,已經濕了,有似香霧 ;玉臂為明月的清輝所照,越來越感到寒冷了。

有時候,表面上好像有主語,有動詞,有賓語,其實仍是不完全句。如蘇軾《新城道中》:「嶺上晴雲披絮帽,樹頭初日掛銅鉦。」這不是兩個意思,而是四個意思。「雲」並不是「披」的主語,「日」也不是「掛」的主語。嶺上積聚了晴雲,好像披上了絮帽 ;樹頭初升起了太陽,好像掛上了銅鉦。毛主席所寫的《憶秦娥 · 婁山關》:「西風烈,長空雁叫霜晨月。」「月」並不是「叫」的賓語。西風、雁、霜晨月,這是三層意思,這三件事形成了濃重的氣氛。長空雁叫,是在霜晨月的景況下叫的。

有時候,副詞不一定要像在散文中那樣修飾動詞。例如毛主席《沁園春 · 長沙》裏說 :「恰同學少年,風華正茂 ;書生意氣,揮斥方遒。」「恰」字是副詞,後面沒有緊跟着動詞。又如《菩薩蠻 · 大柏地》裏說 :「雨後復斜陽,關山陣陣蒼。」「復」字是副詞，也沒有修飾動詞。

應當指出，所謂不完全句，只是從語法上去分析的。我們不能認為詩人們有意識地造成不完全句。詩的語言本來就像一幅幅的畫面，很難機械地從語法結構上去理解它。這裏只想強調一點，就是詩的語言要比散文的語言精練得多。

### （二）語序的變換

在詩詞中，為了適應聲律的要求，在不損害原意的原則下，詩人們可以對語序作適當的變換。現在舉出毛主席詩詞中的幾個例子來討論。

七律《送瘟神》其二：「春風楊柳萬千條，六億神州盡舜堯。」第二句的意思是中國（神州）六億人民都是堯舜。依平仄規則是「仄仄平平仄仄平」，所以「六億」放在第一二兩字，「神州」放在第三四兩字，「堯舜」說成「舜堯」。「堯」字放在句末，還有押韻的原因。

《浣溪沙・一九五〇年國慶觀劇》後闋第一句「一唱雄雞天下白」，是「雄雞一唱天下白」的意思。依平仄規則是「仄仄平平平仄仄」，所以「一唱」放在第一二兩字，「雄雞」放在第三四兩字。

《西江月・井岡山》後闋第一二兩句：「早已森嚴壁壘，更加眾志成城。」「壁壘森嚴」和「眾志成城」都是成語，但是由於第一句應該是「仄仄平平仄仄」，所以「森嚴」放在第三四兩字，「壁壘」放在第五六兩字。

《浪淘沙・北戴河》最後兩句：「蕭瑟秋風今又是，換了人間！」曹操《觀滄海》原詩的句子是：「秋風蕭瑟，洪波湧起。」依《浪淘沙》的規則，這兩句的平仄應該是「㊀仄㊉平平仄仄，㊀仄平平」，所以「蕭瑟」放在第一二兩字，「秋凰」放在第三四兩字。

語序的變換，有時也不能單純理解為適應聲律的要求。它還有積極的意義，那就是增加詩味，使句子成為詩的語言。杜甫《秋興》其八:「香稻啄餘鸚鵡粒，碧梧棲老鳳凰枝」，有人以為就是「鸚鵡啄餘香稻粒，鳳凰棲老碧梧枝」。那是不對的。「香稻」、「碧梧」放在前面，表示詩人所詠的是香稻和碧梧，如果把「鸚鵡」、「鳳凰」挪到前面去，詩人所詠的對象就變為鸚鵡與鳳凰，不合秋興的題目了。又如杜甫《曲江》其一:「且看欲盡花經眼，莫厭傷多酒入唇」，上句「經眼」二字好像是多餘的，下句「傷多」（感傷很多）似應放在「莫厭」的前面，如果真按這樣去修改，即使平仄不失調，也是詩味索然的。這些地方，如果按照散文的語法來要求，那就是不懂詩詞的藝術了。

### （三）對仗上的語法問題

詩詞的對仗，出句和對句常常是同一句型的。例如：

王維《使至塞上》:「征蓬出漢塞，歸雁入胡天。」主語是名詞前面加上動詞定語，動詞是單音詞，賓語是名詞前面加上專名定語。

毛主席《送瘟神》:「紅雨隨心翻作浪，青山着意化為橋。」主語是顏色修飾的名詞，「隨心」、「着意」這兩個動賓結構用作狀語，用它們來修飾動詞「翻」和「化」，動詞後面有補語「作浪」和「為橋」。

語法結構相同的句子（即同句型的句子）相為對仗，這是正格。但是我們同時應該注意到：詩詞的對仗還有另一種情況，就是只要求字面相對，而不要求句型相同。例如：

杜甫《八陣圖》:「功蓋三分國，名成八陣圖。」「三分國」

是「蓋」的直接賓語，「八陣圖」卻不是「成」的直接賓語。

韓愈《精衛填海》：「口銜山石細，心望海波平。」「細」字是修飾語後置，「山石細」等於「細山石」；對句則是一個遞繫句：「心裏希望海波變為平靜。」我們可以倒過來說「口銜細的山石」，但不能說「心望平的海波」。

毛主席的七律《贈柳亞子先生》：「牢騷太盛防腸斷，風物長宜放眼量。」「太盛」是連上讀的，它是「牢騷」的謂語；「長宜」是連下讀的，它是「放眼量」的狀語。「腸斷」連念，是「防」的賓語；「放眼」連念，是「量」的狀語，二者的語法結構也不相同。

由上面一些例子看來，可見對仗是不能太拘泥於句型相同的。一切形式要服從於思想內容，對仗的句型也不能例外。

## （四）煉句

煉句是修辭問題，同時也常常是語法問題。詩人們最講究煉句，把一個句子煉好了，全詩為之生色不少。

煉句，常常也就是煉字。就一般說，詩句中最重要的一個字就是謂語的中心詞（稱為「謂詞」）。把這個中心詞煉好了，這是所謂一字千金，詩句就變為生動的、形象的了。著名的「推敲」的故事，正是說明這個道理的。相傳賈島在驢背上得句：「鳥宿池邊樹，僧敲月下門。」他想用「推」字，又想用「敲」字，猶豫不決，用手作推敲的樣子，不知不覺地衝撞了京兆尹韓愈的前導，韓愈問明白了，就替他決定了用「敲」字。這個「敲」字，也正是謂語的中心詞。

謂語中心詞，一般是用動詞充當的，因此煉字往往也就是煉動詞。現在試舉一些例子來證明。

李白《塞下曲》其一：「曉戰隨金鼓，宵眠抱玉鞍。」「隨」

和「抱」這兩個字都煉得很好。鼓是進軍的信號，所以只有「隨」字最合適。「宵眠抱玉鞍」要比「伴玉鞍」、「傍玉鞍」等等說法好得多，因為只有「抱」字才能顯示出枕戈待旦的緊張情況。

杜甫《春望》第三、四兩句：「感時花濺淚，恨別鳥驚心。」「濺」和「驚」都是煉字。它們都是使動詞：花使淚濺，鳥使心驚。春來了，鳥語花香，本來應該歡笑愉快；現在由於國家遭逢喪亂，一家流離分散，花香鳥語只能使詩人濺淚驚心罷了。

毛主席《菩薩蠻·黃鶴樓》第三、四兩句：「煙雨莽蒼蒼，龜蛇鎖大江。」「鎖」字是煉字。一個「鎖」字，把龜、蛇二山在形勢上的重要地位充分地顯示出來了，而且非常形象。假使換成「夾大江」之類，那就味同嚼蠟了。

毛主席《清平樂·六盤山》後闋第一、二兩句：「六盤山上高峰，紅旗漫卷西風。」「卷」字是煉字。用「卷」字來形容紅旗迎風飄揚，就顯示了紅旗是革命戰鬥力量的象徵。

毛主席《沁園春·雪》第八、九兩句：「山舞銀蛇，原馳蠟象。」「舞」和「馳」是煉字。本來是以銀蛇形容雪後的山，蠟象形容雪後的高原，現在說成「山舞銀蛇，原馳蠟象」，靜態變為動態，就變成了詩的語言。「舞」和「馳」放到蛇和象的前面去，就使生動的形象更加突出。

毛主席的七律《長征》第三、四兩句：「五嶺逶迤騰細浪，烏蒙磅礴走泥丸。」「騰」和「走」是煉字。從語法上說，這兩句也是倒裝句，本來說的是細浪翻騰、泥丸滾動，說成「騰細浪」、「走泥丸」就更加蒼勁有力。紅軍不怕遠征難的革命氣概，被毛主席用恰當的比喻描畫得十分傳神。

形容詞和名詞，當它們被用作動詞的時候，也往往是煉字。

杜甫《恨別》第三、四兩句：「草木變衰行劍外，干戈阻絕老江邊。」「老」字是形容詞當動詞用。詩人從愛國主義的情感出發，慨嘆國亂未平，家人分散，自己垂老滯留錦江邊上。這裏只用一個「老」字，就充分表達了這種濃厚的情感。

毛主席《沁園春．長沙》後闋第七、八、九三句：「指點江山，激揚文字，糞土當年萬戶侯。」「糞土」二字是名詞當動詞用。毛主席把當年的萬戶侯看成糞土不如，這是蔑視階級敵人的革命氣概。「糞土」二字不但用得恰當，而且用得簡練。

形容詞即使不用作動詞，有時也有煉字的作用。王維《觀獵》第三、四兩句：「草枯鷹眼疾，雪盡馬蹄輕。」這兩句話共有四個句子形式，「枯」、「疾」、「盡」、「輕」，都是謂語。但是，「枯」與「盡」是平常的謂語，而「疾」與「輕」是煉字。草枯以後，鷹的眼睛看得更清楚了，詩人不說看得清楚，而說「快」（疾），「快」比「清楚」更形象。雪盡以後，馬蹄走得更快了，詩人不說快，而說「輕」，「輕」比「快」又更形象。

以上所述，凡涉及省略（不完全句），涉及語序（包括倒裝句），涉及詞性的變化，涉及句型的比較等等，也都關係到語法問題。古代雖沒有明確地規定語法這個學科，但是詩人們在創作實踐中經常地接觸到許多語法問題，而且實際上處理得很好。我們今天也應該從語法角度去了解舊體詩詞，然後我們的了解才是全面的。

# 結語

任何規則都有它的靈活性，詩詞的格律也不能是例外。處處拘泥格律，反而損害了詩的意境，同時也降低了藝術。格律是為我們服務的，我們不能反過來成為格律的奴隸，我們不能讓思想內容去遷就格律。杜甫的律詩總算是嚴格遵照格律的了，但是他的七律《白帝》開頭兩句是 :「白帝城中雲出門，白帝城下雨翻盆。」第二句第一、二兩字本該用「平平」的，現在用了「仄仄」。詩人有意把白帝城中跟白帝城下（城外）迥不相同的天氣作一個對比，比喻城中的老爺們是享福的，城外的老百姓是受災受難的[1]。我們試想想看 :詩人能把第二句的「白帝」換成別的字眼來損害這個詩意嗎？

在這一點上，毛主席的詩詞也是我們的典範。按《沁園春》的詞譜，前闋第九句和後闋第八句都應該是平平仄仄，毛主席的《長沙》前闋的「魚翔淺底」，後闋的「激揚文字」，以及《雪》前闋的「原馳蠟象」，都是按照這個平仄來填的 ；但是《雪》後闋的「成吉思汗」，其中的「吉」字卻是仄聲（入聲），「汗」字卻是平聲（讀如「寒」）。這四個字是人名，是一個整體，何必再拘泥平仄？再說，「成吉思汗」是一個譯名，它在蒙古語裏又何嘗有平仄呢？再舉毛主席的《念奴嬌 · 崑崙》為例。依照詞譜，《念奴嬌》後闋第五、六、七句應該是仄仄平平，平平仄仄，仄仄平平仄，但是毛主席寫的是 :「一截遺歐，一截贈美，一截還東國。」既然要疊用三個「一截」才能很好地表現詩意，那就不妨略為突破形式。

毛主席的詩詞，一方面表現出毛主席精於格律，另一方面也表現出他並不拘守格律。但是，假如我們學寫舊體詩詞，就應該以格律為準繩，而不能以突破束縛為藉口，完全

1　下面的六句是 :「高江急峽雷霆鬥，翠木蒼藤日月昏。戎馬不如歸馬逸，千家今有百家存。哀哀寡婦誅求盡，慟哭秋原何處村！」

不講韻律和平仄。如果寫出一種沒有格律的「律詩」，那就名實不符了。詞的平仄本來比詩的平仄更嚴，如果一首詞沒有按照平仄的規則來寫，就不成其為詞了。舊體詩詞的好處，在它的音韻優美，而不在於字數的固定。假如只知道湊足字數，而置音韻於不顧，那就是買櫝還珠，寫舊體詩詞變為毫無意義的事了。因此，我們必須力求做到革命的政治內容和盡可能完美的藝術形式統一起來。格律本來是適應藝術的要求而產生的，我們先要熟諳格律，從而才能做到得心應手地驅遣格律，而不為格律所束縛。

# 附錄一　詩韻舉要

所收的字大致以杜甫詩集中所用的字為標準，此外酌收一些杜詩中未出現的常用字。一字收入兩韻以上者，注明它在某韻中的意義。如果是同義的，則注「某韻同」。通用字、異體字也擇要加括號注明。

## （一）上平聲

【一東】

東　同　童　僮　銅　桐　峒　筒　瞳　中（中間）　衷　忠　蟲　冲　終　忡　崇　嵩（崧）　戎　狨　弓　躬　宮　融　雄　熊　穹　窮　馮　風　楓　豐　酆　充　隆　空（空虛）　公　功　工　攻　蒙　濛　朦　幪　籠（名詞，董韻同；又動詞，獨用）　朧　礱　櫳　巃　曨　洪　紅　虹　鴻　叢　翁　忽　葱　聰　驄　通　棕　蓬

【二冬】

冬　彤　農　宗　鐘　鍾　龍　舂　松　衝　容　溶　庸　蓉　封　胸　凶　洶　兇　匈　雍（和也）　濃　重（重複，層）　從（隨從、順從）　逢　縫（縫紉）　峰　鋒　豐　蜂　烽　縱（縱橫）　踪　茸　邛　笻　慵　恭　供（供給）

【三江】

江　缸　窗　邦　降（降伏）　雙　瀧　龐　舡　撞（絳韻同）

【四支】

支　枝　移　為（施為）　垂　吹（吹噓）　陂　碑　奇　宜　儀　皮　兒　離　施　知　馳　池　規　危　夷　師　姿　遲　龜　眉　悲　之　芝　時　詩　棋　旗　辭　詞　期　祠　基　疑　姬　絲　司　葵　醫　帷　思（動詞）　滋　持　隨　痴　維　卮　螭　麾　墀　彌　慈　遺（遺失）　肌　脂　雌　披　嬉　尸　狸　炊　湄　籬　茲　差（參差）　疲　茨　卑　虧　蕤　騎（跨馬）　歧　岐　誰　斯　私　窺　熙　欺　疵　貲　羈　彝　髭　頤　資　糜　饑　衰　錐　姨　夔　祇　涯（佳麻韻同）　伊　追　緇　箕　治（治理，動詞）　尼　而　推（灰韻同）　縻　綏　羲　羸　其　淇　麒　祁　崎　騏　錘　羅　罹　漓　鸝　璃　驪　獮　羆　貔　仳　琵　枇　屍　鳺　梔　匙　蚩　篪　絺　鴟　踟　嗤　隋　雖　睢　咨　淄　鶅　瓷　萎　惟　唯　厮　凘　緦　逶　迤　貽　裨　庳　丕　嵋　郿　劘　蠡（瓠勺，齊韻同）　氂　痍　猗　椅（音漪，木名）

【五微】

微　薇　暉　輝　徽　揮　韋　圍　幃　違　闈　霏　菲（芳菲）　妃　飛　非　扉　肥　威　祈　旂　畿　機　幾（微也，如見幾）　稀　希　衣（衣服）　依　歸　葦　饑　磯　欷

【六魚】

魚　漁　初　書　舒　居　裾　車（麻韻同）　渠　余　予（我也）　譽（動詞）　輿　餘　胥　狙　耡（鉏、鋤）　疏（疏密）　疎（同疏）　蔬　梳　虛　噓　徐　豬　閭　廬　驢　諸　除　如　墟　於　畬　淤　妤　璵　蜍　儲　苴　菹　沮

齟　齬　攄（拮据）　鶋　蕖　歔　茹（茅茹）　洳　攄　欋

【七虞】

虞　愚　娛　隅　芻　無　蕪　巫　於　衢　儒　濡　襦　鬚　株　蛛　誅　殊　銖　瑜　榆　愉　諛　腴　區　驅　軀　朱　珠　趨　扶　凫　雛　敷　夫　膚　紆　輸　樞　廚　俱　駒　模　謨　蒲　胡　湖　瑚　乎　壺　狐　弧　孤　辜　姑　菰　徒　途　涂　荼　圖　屠　奴　吾　梧　吳　租　盧　鱸　爐　蘆　蘇　烏　汙（汙穢）　枯　粗　都　茱　侏　徂　樗　躕　拘　劬　嶇　鸜　芙　苻　符　鄜　桴　俘　須　臾　繻　吁　滹　瓠　蝴　糊　鄠　醐　餬　呼　沽　酤　瀘　艫　轤　鸕　駑　孥　逋　匍　葡　鋪　殳　酥　菟　洿　誣　嗚　鼯　逾（踰）　禺　萸　竽　雩　渝　貐　揄　瞿

【八齊】

齊　黎　藜　犁　梨　妻（夫妻）　萋　淒　悽　堤　低　題　提　蹄　啼　雞　稽　兮　倪　霓（蜺）　西　棲　犀　嘶　梯　鼙　韲　賫　迷　泥（泥土）　溪　圭　閨　攜　畦　嵇　躋　鷖　臍　奚　醯　蹊　黧　蠡（支韻同）　醍　鵜　珪　睽

【九佳】

佳*　街　鞋　牌　柴　釵　差（差使）　崖　涯*（支麻韻同）　偕　階　皆　諧　骸　排　乖　懷　淮　槐（灰韻同）　豺　儕　埋　霾　齋　媧*　蝸*　蛙*

（有*號的字，詞韻屬第十部；其餘屬第五部）

【十灰】

灰　恢　魁　隈　回　徘（音裴）　徊　（音回）　槐（音回，佳韻同）　梅　枚　媒　煤　雷　罍　隤（頹）　催　摧　堆　陪　杯　醅　嵬　推（支韻同）　迴　虺　豗　詼　裴　培　崔　纔＊　開＊　哀＊　埃＊　台＊　苔＊　該＊　才＊　材＊　財＊　裁＊　來＊　萊＊　栽＊　哉＊　災＊　猜＊　孩＊　騋＊　腮＊

（有＊號的字，詞韻屬第五部；其餘屬第三部）

【十一真】

真　因　茵　辛　新　薪　晨　辰　臣　人　仁　神　親　申　身　賓　濱　鄰　鱗　麟　珍　瞋　塵　陳　春　津　秦　頻　蘋　顰　銀　垠　筠　巾　困　民　岷　貧　蓴　淳　醇　純　唇　倫　綸　輪　淪　匀　旬　巡　馴　鈞　均　榛　遵　循　甄　宸　郴　椿　鶉　嶙　轔　磷　驎　泯（軫韻同）　縉　邠　嚬　詵　駪　呻　伸　紳　湣　寅　夤　姻　荀　詢　郇　峋　氤　恂　逡　嬪　皴

【十二文】

文　聞　紋　蚊　雲　分（分離）　紛　芬　焚　墳　群　裙　君　軍　勤　斤　筋　勳　熏　曛　醺　云　芹　欣　芸　耘　沄　氳　殷　汶　閿　氛　濆　汾

【十三元】

元＊　原＊　源＊　黿＊　園＊　猿＊　垣＊　煩＊　蕃＊　樊＊　暄＊　萱＊　喧＊　冤＊　言＊　軒＊　藩＊　魂　袁＊　沅＊　援＊　轅＊　番＊　繁＊　翻＊　幡＊　璠＊　壎＊　（塤）

鶱* 鴛* 蜿* 渾 溫 孫 門 尊 樽（罇） 存 敦 蹲 暾 豚 村 屯 盆 奔 論（動詞） 昏 痕 根 恩 呑 蓀 捫

（有 * 號的字，詞韻屬第七部 ;其餘屬第六部）

【十四寒】

寒 韓 翰（羽翮） 丹 單 安 鞍 難（艱難） 餐 檀 壇 灘 彈 殘 干 肝 竿 乾（乾濕） 闌 欄 瀾 蘭 看（翰韻同） 丸 完 桓 紈 端 湍 酸 團 攢 官 棺 觀（觀看） 冠（衣冠） 鸞 鑾 巒 歡（驩） 寬 盤 蟠 漫（水大貌） 嘆（翰韻同） 邯 鄲 攤 玕 攔 磻 珊 狻

【十五刪】

刪 潸 關 彎 灣 還 環 鬟 寰 班 斑 蠻 顏 姦（奸） 攀 頑 山 閒 艱 閑 間（中間） 慳 患（諫韻同） 孱 潺

## （二）下平聲

【一先】

先 前 千 阡 箋 天 堅 肩 賢 絃 弦 煙 燕（國名） 蓮 憐 田 填 年 顛 巔 牽 妍 眠 淵 涓 邊 編 懸 泉 遷 仙 鮮（新鮮） 錢 煎 然 延 筵 氈 羶 蟬 纏 連 聯 篇 偏 扁（扁舟） 綿 全 宣 鐫 穿 川 緣 鳶 捐 旋（回旋） 娟 船 涎 鞭

銓 專 圓 員 乾（乾坤） 虔 愆 權 拳 椽 傳（傳授） 焉 韉 褰 搴 汧 鞭 鉛 舷 蹮 鶋 蠲 筌 痊 詮 悛 遭 鸇 旃 鱣 禪（參禪、逃禪） 嬋 單（單于） 躔 顓 燃 漣 璉 便（安也） 翩 楩 駢 癲 闐 畋 鈿（霰韻同） 沿 蜒 膁

【二蕭】

蕭 簫 挑（挑擔） 貂 刁 凋 雕 彫 鵰 迢 條 髫 跳 苕 調（調和） 梟 澆 聊 遼 寥 撩 寮 僚 堯 宵 消 霄 綃 銷 超 朝 潮 囂 驕 嬌 焦 樵 椒 饒 橈 燒（焚燒） 遙 徭 搖 謠 瑤 韶 昭 招 鑣 瓢 苗 貓 腰 橋 喬 妖 飄 逍 瀟 鴞 驍 翛 祧 鴟 鷯 繚 獠 嘹 夭（夭夭） 幺 邀 要（要求、要盟） 飆 姚 樵 僑 顦 標 飈 嫖 漂（漂浮） 剽 徼（徼幸）

【三肴】

肴 巢 交 郊 茅 嘲 鈔 包 膠 爻 苞 梢 蛟 教（使也） 庖 匏 坳 敲 胞 拋 鮫 崤 啁 鵁 鞘 抄 蝥 咆 哮

【四豪】

豪 毫 操（操持） 髦 絛 刀 萄 猱 褒 桃 糟 旄 袍 撓（巧韻同） 蒿 濤 皋 號（號呼） 陶 鼇 曹 遭 羔 高 嘈 搔 毛 滔 騷 韜 繅 膏 牢 醪 逃 勞（勞苦） 濠 壕 舠 饕 洮 淘 叨 咷 篙 熬 遨 翱 嗷 臊

【五歌】

歌　多　羅　河　戈　阿　和（平和）　波　科　柯　陀　娥　蛾　鵝　蘿　荷（荷花）　何　過（經過，箇韻同）　磨　螺　禾　珂　蓑　婆　坡　呵　哥　軻（孟軻）　沱　鼉　拖　駝　跎　柁（舵，哿韻同）　佗（他）　頗（偏頗）　峨　俄　摩　麼　娑　莎　迦　靴　痾

【六麻】

麻　花　霞　家　茶　華　沙　車（魚韻同）　牙　蛇　瓜　斜　邪　芽　嘉　瑕　紗　鴉　遮　叉　奢　涯（支佳韻同）　誇　巴　耶　嗟　遐　加　笳　賒　槎（查）　差（差錯）　楂　杈　蟆　驊　蝦　葭　袈　裟　砂　衙　枒　呀　琶　杷

【七陽】

陽　楊　揚　香　鄉　光　昌　堂　章　張　王（帝王）　房　芳　長（長短）　塘　妝　常　涼　霜　藏（收藏）　場　央　鴦　秧　狼　床　方　漿　觴　梁　娘　莊　黃　倉　皇　裝　殤　襄　驤　相（互相）　湘　箱　創（創傷）　亡　忘　芒　望（觀望，漾韻同）　嘗　償　檣　坊　囊　郎　唐　狂　強（剛強）　腸　康　岡　蒼　匡　荒　遑　行（行列）　妨　棠　翔　良　航　疆　糧　穰　將（送也、持也）　牆　桑　剛　祥　詳　洋　粱　量（衡量，動詞）　羊　傷　湯　彰　璋　猖　商　防　筐　煌　凰　徨　綱　茫　臧　裳　昂　喪（喪葬）　漳　嫜　閶　螿　蔣（菰蔣）　韁　僵　羌　槍　搶（突也）　鏘　瘡　杭　魴　肓　篁　簧　惶　璜　隍　攘　瀼　亢　廊　閬　浪（滄浪）　琅　邙　旁　滂　傍

（側也）　驦　當（應當）　瑺　糖　滄　鶬　尪　颺　泱　殃　敫　佯

【八庚】

庚　更（更改）　羹　盲　橫（縱橫）　觥　彭　亨　英　烹　平　評　京　驚　荊　明　盟　鳴　榮　瑩（徑韻同）　兵　兄　卿　生　甥　笙　牲　擎　鯨　迎　行（行走）　衡　耕　萌　氓　甍　宏　莖　罌　鶯　櫻　泓　橙　爭　箏　清　情　晴　精　睛　菁　晶　旌　盈　楹　瀛　嬴　羸　營　嬰　纓　貞　成　盛（盛受）　城　誠　呈　程　聲　征　正（正月）　輕　名　令（使令）　并（交并）　傾　縈　瓊　崢　撐　嶸　鶊　秔　坑　鏗　瘿　鸚　勍

【九青】

青　經　涇　形　刑　型　陘　亭　庭　廷　霆　蜓　停　丁　仃　馨　星　腥　醒（迥韻同）　傳　靈　齡　玲　伶　零　聽（聆聽，徑韻同）　汀　冥　溟　銘　瓶　屏　萍　熒　螢　滎　扃　坰　鶄　蜻　硎　苓　舲　聆　鴒　瓴　翎　娉　婷　寧　暝　瞑

【十蒸】

蒸　烝　承　丞　懲　澄（澂）　陵　凌　綾　菱　冰　膺　鷹　應（應當）　蠅　繩　澠（音繩，水名）　乘（駕乘，動詞）　昇　升　勝（勝任）　興（興起）　繒　憑　凴（徑韻同）　仍　兢　矜　徵（徵求）　稱（稱讚）　登　燈（鐙）　僧　增　曾　憎　矰　層　能　朋　鵬　肱　薨　騰　藤　恆　棱　罾　崩　滕　縢　崚　嶒　姮

【十一尤】

尤　郵　優　憂　流　旒　留　騮　劉　由　游　遊　猷　悠　攸　牛　修　脩　羞　秋　周　州　洲　舟　酬　讎　柔　儔　疇　籌　稠　邱　抽　瘳　遒　收　鳩　搜　（蒐）騶　愁　休　囚　求　裘　仇　浮　謀　牟　眸　侔　矛　侯　喉　猴　謳　鷗　樓　陬　偷　頭　投　鈎　溝　幽　虬　樛　啾　鶖　鞦　楸　蚯　賙　躊　裯　惆　餱　揉　勾　韝　婁　琉　疣　猶　鄒　兜　呦　售（宥韻同）

【十二侵】

侵　尋　潯　臨　林　霖　針（鍼）箴　斟　沉　砧　（碪）深　淫　心　琴　禽　擒　欽　衾　吟　今　襟（衿）金　音　陰　岑　簪（覃韻同）壬　任（負荷）歆　森　禁（力能勝任）祲　駸　嶔　參（音深，星名，又音岑的陰平，參差）琛　涔

【十三覃】

覃　潭　參（參拜、參考）驂　南　楠　男　諳　庵　含　涵　函（包函）嵐　蠶　探　貪　耽　龕　堪　談　甘　三（數目）酣　柑　慚　藍　擔（動詞）簪（侵韻同）

【十四鹽】

鹽　檐（簷）廉　簾　嫌　嚴　占（占卜）髯　謙　奩　纖　簽　瞻　蟾　炎　添　兼　縑　霑（沾）尖　潛　閻　鐮　幨　黏　淹　箝　甜　恬　拈　砭　銛　詹　蒹　殲　黔　鈐

【十五咸】

咸　鹹　函（書函）　緘　岩　讒　銜　帆　衫　杉　監（監察）　凡　饞　芟　攙　巉　鑱　啣

### （三）上聲

（注意：許多上聲字現在都讀成去聲）

【一董】

董　動　孔　總　籠（名詞，東韻同）　澒　桶　洞（澒洞）

【二腫】

腫　種（種子）　踵　寵　壟（隴）　擁　壅　冗　重（輕重）　冢　奉　捧　勇　涌（湧）　踊（踴）　恐　拱　竦　悚　聳　栱

【三講】

講　港　棒　蚌　項

【四紙】

紙　只　咫　是　靡　彼　毀　燬　委　詭　髓　累（積累）　妓　綺　觜　此　蕊　徙　爾　弭　婢　侈　弛　豕　紫　旨　指　視　美　否（臧否、否泰）　兕　几　姊　比（比較）　水　軌　止　市　徵（角徵）　喜　己　紀　跪　技　蟻（螘）　鄙　晷　子　梓　矢　雉　死　履　被（寢衣）　壘　癸　趾　以　已　似　耜　祀　史　使（使令）　耳　里　理　裏　李　起　杞　跂　士　仕　俟　始　齒　矣　恥

庳　枳　址　時　壐　鯉　邐　氏　祀　駛　巳　滓　苡　倚　七　跬

【五尾】

尾　葦　鬼　豈　卉（未韻同）　幾（幾多）　偉　斐　菲（菲薄）　匪　篚

【六語】

語（言語）　圉　呂　侶　旅　杼　佇　與（給予）　予（賜予）　渚　煮　汝　茹（食也）　署　鼠　黍　杵　處（居住、處理）　貯　女　許　拒　炬　所　楚　阻　俎　沮　敘　緒　序　嶼　墅　巨　寧　褚　礎　苣　舉　詎　櫸　粔　漵　禦　籞　去（除也）

【七麌】

麌　雨　宇　舞　府　鼓　虎　古　股　賈（商賈）　蠱　土　吐（遇韻同）　圃　庾　戶　樹（種植，動詞）　煦　詡　努　輔　組　乳　弩　補　魯　櫓　覩　腐　數（動詞）　簿　五　豎　普　侮　斧　聚　午　伍　釜　縷　部　柱　矩　武　苦　取　撫　浦　主　杜　塢　祖　愈　堵　扈　父　甫　怒（遇韻同）　禹　羽　腑　俯（俛）　罟　估　賭　鹵　姥　鵡　僂　拄　莽（養韻同）

【八薺】

薺　禮　體　米　啟　陛　洗　邸　底　坻　弟　坻　柢　涕（霽韻同）　悌　濟（水名）　澧　醴　蠡（范蠡、彭蠡）　禰　棨　詆　觝　眯

【九蟹】

蟹 解 灑 楷 獬 澥 楞 矮

【十賄】

賄 悔 改* 采* 採* 彩* 綵* 海 在*（存在）罪 宰* 醢* 餒 鎧* 愷* 待* 殆* 怠* 倍 乃* 每 載*（載運）

（有*號的字，詞韻屬第五部；其餘屬第三部）

【十一軫】

軫 敏 允 引 尹 盡 忍 準 隼 笋 盾（阮韻同）閔 憫 泯（真韻同）蚓 牝 殞 緊 蠢 隕 愍 矧 哂 朕（朕兆）

【十二吻】

吻 粉 蘊 憤 隱 謹 近（遠近）忿（問韻同）

【十三阮】

阮* 遠*（遠近）晚* 苑* 返* 阪* 飯*（動詞）偃* 蹇*（銑韻同）郾* 巘* 琬* 混 本 反 損 袞 遁（遯，願韻同）穩 盾（軫韻同）

（有*號的字，詞韻屬第七部；其餘屬第六部）

【十四旱】

旱 暖 管 琯 滿 短 館（翰韻同）緩 盥（翰韻同）盌 懶 繖（傘）卵（哿韻同）散（散佈）伴 誕 罕 瀚（浣）斷（斷絕）侃 算（動詞）欵 但 坦 袒 纂

【十五潸】

潸　眼　簡　版　琖（盞）　產　限　棧（諫韻同）　綰（諫韻同）　柬　揀　板

【十六銑】

銑　善（善惡）　遣　淺　典　轉（自轉，不及物動詞）　衍　犬　選　冕　輦　免　展　繭　辯　辨　篆　勉　翦（剪）　卷（同捲）　顯　餞（霰韻同）　眄（霰韻同）　喘　蘚　軟　蹇（阮韻同）　演　兗　件　腆　鮮（少也）　跣　緬　沔　澠（音緬，澠池）　繾　綣　靦　殄　扁（不正圓，又扁額）　單（音善，姓也；又單父，縣名）

【十七篠】

篠　小　表　鳥　了　曉　少（多少）　擾　繞　遶　紹　杪　沼　眇　矯　皎　皦　杳　窈　窕　裊（褭）　挑（挑引）　掉（嘯韻同）　肇　縹　緲　渺　淼　蔦　嫋　趙　兆　旐　繳　繚　朓　窅　夭（夭折）　悄

【十八巧】

巧　飽　卯　狡　爪　鮑　撓（豪韻同）　攪　絞　拗　咬　炒

【十九皓】

皓　寶　藻　早　棗　老　好（好醜）　道　稻　造（造作）　腦　惱　島　倒（仆也）　禱（號韻同）　擣（搗）　抱　討　考　燥　掃（號韻同）　嫂　保　鴇　稿　草　昊　浩　鎬　顥　杲　縞　槁　堡　皂　磝

【二十哿】

哿　火　舸　嚲　柁（歌韻同）　我　娜　荷（負荷）　可　坷　左　果　裹　朵　鎖（鏁）　瑣　墮　惰　妥　坐（坐立）　裸　跛　頗（稍也）　夥　顆　禍　卵（旱韻同）

【二十一馬】

馬　下（上下）　者　野　雅　瓦　寡　社　寫　瀉（禡韻同）　夏（華夏）　也　把　賈（姓賈）　假（真假）　捨（舍）　廈　惹　冶　且

【二十二養】

養　像　象　仰　朗　槳　獎　敞　鷩　枉　纇　強（勉強）　蕩　惘　兩　曩　杖　響　掌　黨　想　榜　爽　廣　享　丈　仗（漾韻同）　幌　莽（虁韻同）　紡　長（長幼）　上（升也）　網　蕩　壤　賞　倣（仿）　罔　蔣（姓蔣）　橡　慷　漭　讜　儻　往　魍　魎　鞅

【二十三梗】

梗　影　景　井　嶺　境　警　請　餅　永　騁　逞　穎　頃　整　靜　省　幸　頸　郢　猛　丙　炳　杏　秉　耿　礦　潁　鯁　領　冷　靖

【二十四迥】

迥　炯　挺　梃　艇　醒（青韻同）　酩　酊　並　等　鼎　頂　泂　肯　拯　鋌

【二十五有】

有　酒　首　口　母*　後　柳　友　婦*　斗　狗　久　負*　厚　手　守　右　否*（是否）　醜　受　牖　偶　阜*　九　后　咎　藪　吼　帚（箒）　垢　畝*　舅　紐　藕　朽　臼　肘　韭　剖　誘　牡*　缶*　酉　苟　丑　灸　笱　扣（叩）　塿　某*　莠　壽（宥韻同）　綬　叟

（有＊號的字，在詞韻中兼入麌韻）

【二十六寢】

寢　飲（飲食）　錦　品　枕（衾枕）　審　甚（沁韻同）　稟　衽（袵）　稔　沈　凜　懍　朕（我也）　荏

【二十七感】

感　覽　攬　膽　澹（淡，勘韻同）　噉（啖）　坎　慘（憯）　敢　頷　撼　毯　黲　糝　湛

【二十八儉】

儉　焰　歛（豔韻同）　險　檢　臉　染　掩　點　簟　貶　冉　苒　陝　諂　忝（豔韻同）　儼　閃　剡　琰　奄　歉　芡　嶄

【二十九豏】

豏　檻　范　減　艦　犯　湛　斬　黯　範

## （四）去聲

【一送】

送　夢　鳳　洞（岩洞）　眾　齉　貢　弄　凍　痛　棟　仲　中（射中，擊中）　粽　諷　慟　鞚　空（空缺）　控

【二宋】

宋　用　頌　誦　統　縱（放縱）　訟　種（種植）　綜　俸　共　供（供設，名詞）　從（僕從）　縫（隙也）　雍（州名）　重（再也）

【三絳】

絳　降（升降）　巷　撞（江韻同）

【四寘】

寘　置　事　地　志　治（治安，太平）　思（名詞）　淚　吏　賜　自　字　義　利　器　位　戲　至　次　累（連累）　偽　為（因為）　寺　瑞　智　記　異　致　備　肆　翠　騎（車騎，名詞）　使（使者）　試　類　棄　餌　媚　鼻　易（容易）　轡　墜　醉　議　翅　避　笥　幟　粹　侍　誼　帥（將帥）　廁　寄　睡　忌　貳　萃　穗　二　臂　嗣　吹（鼓吹，名詞）　遂　恣　四　驥　季　刺　駟　泗　寐　魅　積（儲蓄）　食（以食食人）　芰　懿　覬　冀　愧　匱　饋（餽）　庇　洎　暨　墍　穊　質（抵押）　豉　櫃　簣　痢　膩　被（覆也）　祕　比（近也）　鷙　閟　啻　示　嗜　飼　伺　遺（饋遺）　意　薏　崇　値　識（音志，記也；又標識）

【五未】

未 味 氣 貴 費 沸 尉 畏 慰 蔚 魏 緯 胃 渭 彙 謂 諱 卉（尾韻同） 毅 既 衣（著衣） 蝟

【六御】

御 處（處所） 去（來去） 慮 譽（名詞） 署 據 馭 曙 助 絮 著（顯著） 豫 箸 恕 與（參與） 遽 疏（書疏） 庶 預 語（告也） 踞 蕷 飫

【七遇】

遇 路 輅 賂 露 鷺 樹（樹木） 度（制度） 渡 賦 布 步 固 素 具 數（數量） 怒（麌韻同） 務 霧 鶩 鶩 附 兔 故 顧 句 墓 暮 慕 募 注 駐 祚 裕 誤 悟 寤 住 戍 庫 護 屨 訴 蠹 妒 懼 趣 娶 鑄 絝（袴） 傅 付 諭 喻 嫗 芋 捕 哺 互 孺 寓 吐（麌韻同） 赴 沍 孺 汙（動詞） 惡（憎惡） 忤 晤

【八霽】

霽 制 計 勢 世 麗 歲 濟（渡也） 第 藝 惠 慧 幣 砌 滯 際 厲 涕（薺韻同） 契（契約） 弊 斃 帝 蔽 敝 髻 銳 戾 裔 袂 繫 祭 衛 隸 閉 逝 綴 翳 製 替 細 桂 稅 壻 例 誓 筮 蕙 詣 礪 勵 瘞 噬 繼 脆 叡（睿） 毳 沴 曳 蒂 睇 妻（以女妻人） 遞 逮 棣 薊 罽 係 系 彗 嘒 芮 蚋 薜 荔 唳 捩 糲 泥（拘泥） 篦 嬖 繐 篲 睥 睨

【九泰】

泰* 會 帶* 外* 蓋* 大*（箇韻同） 旆 瀨* 賴* 籟* 蔡* 害* 最 貝 靄* 藹* 沛 艾* 丐* 柰* 奈* 繪 膾（鱠） 薈 太* 霈 狽 汰* 蕞*

（有*號的字，詞韻屬第五部；其餘屬第三部）

【十卦】

卦* 掛* 懈 廨 隘 賣 畫*（圖畫） 派 債 怪 壞 誡 戒 界 介 芥 械 薤 拜 快 邁 話* 敗 稗 曬 蠆 瘵 玠

（有*號的字，詞韻屬第十部；其餘屬第五部）

【十一隊】

隊 內 塞*（邊塞） 愛* 輩 佩 代* 退 載*（年也） 碎 態* 背 穢 菜* 對 廢 誨 晦 昧 礙* 戴* 貸* 配 妹 喙 潰 黛* 吠 概* 岱* 肺 溉* 慨* 耒 塊 在*（所在） 耐* 鼐* 珮 玳*（瑇） 再* 碓 乂 刈

（有*號的字，詞韻屬第五部；其餘屬第三部）

【十二震】

震 印 進 潤 陣 鎮 刃 順 慎 鬢 晉 駿 閏 峻 釁（衅） 振 俊（儁） 舜 吝 燼 訊 仞 迅 趁 櫬 搢 僅 覲 信 軔 浚

【十三問】

問 聞（名譽） 運 暈 韻 訓 糞 忿（吻韻同）

醞　郡　分（名分）衾　汶　慍　近（動詞）

【十四願】

願＊　論（名詞）怨＊　恨　萬＊　飯＊（名詞）獻＊　健＊　寸　困　頓　遁（阮韻同）建＊　憲＊　勸＊　蔓＊　券＊　鈍　悶　遜　嫩　溷　遠＊（動詞）侃＊（衎）苑＊（阮韻同）

（有＊號的字，詞韻屬第七部；其餘屬第六部）

【十五翰】

翰（翰墨）岸　漢　難（災難）斷（決斷）亂　嘆（寒韻同）觀（樓觀）幹　榦　散（解散）旦　算（名詞）玩（翫）爛　貫　半　案　按　炭　汗　贊　讚　漫（寒韻同，又副詞獨用）冠（冠軍）灌　爨　竄　幔　粲　燦　換　煥　喚　悍　彈（名詞）憚　段　看（寒韻同）判　叛　渙　絆　盥　鸛　幔　畔　鍛　腕　惋　館（旱韻同）

【十六諫】

諫　雁　患（刪韻同）澗　間（間隔）宦　晏　慢　盼　豢　棧（潸韻同）慣　串　綻　幻　瓣　莧　丱　辦　綰（潸韻同）

【十七霰】

霰　殿　面　眄（銑韻同）縣　變　箭　戰　扇　膳　傳（傳記）見　硯　院　練　煉　燕　讌　宴　賤　饌　薦　絹　彥　掾　便（便利）眷　麪　線　倦　羨　奠　徧（遍）戀　囀　眩　釧　倩　卞　汴　片　禪（封禪）譴　善（動詞）濺　餞（銑韻同）轉（以力轉動，及物動詞）卷（書

卷）　甸　鈿（先韻同）　電　嗽　旋（已而，副詞）

【十八嘯】

嘯　笑　照　廟　竅　妙　詔　召　邵　要（重要）　曜　耀（燿）　調（音調）　釣　弔　叫　少（老少）　眺　誚　料　療　潦　掉（篠韻同）　嶠　徼（邊徼）　燒（野火）

【十九效】

效　効　教（教訓）　貌　校　孝　鬧　豹　罩　櫂（棹）　覺（寤也）　較　樂（喜愛）

【二十號】

號（號令、名號）　帽　報　導　禱（皓韻同）　操（所守也）　盜　噪　灶　奧　告（告訴）　誥　暴（強暴）　好（喜好）　到　蹈　勞（慰勞）　傲　耗　躁　造（造就）　冒　悼　倒（顛倒）　爆　燥　掃（皓韻同）

【二十一箇】

箇　個　賀　佐　大（泰韻同）　餓　過（經過，歌韻同；又過失，獨用）　和（唱和）　挫　課　唾　播　座　坐（行之反，又同座）　破　臥　貨　涴　簸　軻（轗軻）

【二十二禡】

禡　駕　夜　下（降也）　謝　榭　罷　夏（春秋）　霸　暇　灞　嫁　赦　藉（憑藉）　假（借也，又休假）　蔗　炙（音蔗，炮火，名詞）　化　舍（廬舍）　價　射　罵　稼　架　詐　亞　麝　怕　借　瀉（馬韻同）　卸　帕

【二十三漾】

漾　上（上下）　望（觀望，陽韻同；又名望，獨用）　相（卿相）　將（將帥）　狀　帳　浪（波浪）　唱　讓　曠　壯　放　向　嚮　仗（養韻同）　暢　量（度量，數量，名詞）　葬　匠　障　瘴　謗　尚　漲　餉　樣　藏（庫藏）　舫　訪　貺　嶂　當（適當）　抗　釀　妄　愴　宕　悵　創（開創）　醬　況　亮　傍（依傍）　喪（喪失）　恙　王（王天下、霸王）　旺

【二十四敬】

敬　命　正（正直）　令（命令）　政　性　鏡　盛（多也）　行（品行）　聖　詠　姓　慶　映　病　柄　鄭　勁　競　淨　竟　孟　諍　獍　更（更加）　併（合併）　聘　横（横逆）

【二十五徑】

徑　定　罄　磬　應（答應）　乘（車乘，名詞）　贈　媵　佞　稱（相稱）　鄧　瑩（庚韻同）　證　孕　興（興趣）　剩（賸）　憑（蒸韻同）　逕　甑　聽（聆也，青韻同；又聽從，獨用）　勝（勝敗）　寧

【二十六宥】

宥　候　就　授　售（尤韻同）　壽（有韻同）　秀　繡　宿（星宿）　奏　富*　獸　鬥　漏　陋　狩　晝　寇　茂　舊　胄　宙　袖（褎）　岫　柚　覆（蓋也）　救　厩　臭　佑（祐）　囿　豆　竇　瘦　漱　咒　究　疚　謬　皺　逅　嗅　遘　溜　鏤　逗　透　驟　又　幼　讀（句讀）　副*

（有＊號的字，在詞韻中兼入遇韻）

【二十七沁】

沁　飲（使飲）　禁（禁令、宮禁）　任（負擔）　蔭　浸　譖　讖　枕（動詞）　甚（寢韻同）　噤

【二十八勘】

勘　暗（闇）　濫　啗（啖）　擔（名詞）　憾　纜　瞰　暫　三（再三）　紺　憨　澹（感韻同）　轗

【二十九豔】

豔　劍　念　驗　贍　塹　店　忝（儉韻同）　佔（佔據）　斂（聚斂，儉韻同）　厭　焰（儉韻同）　墊　欠　僭　釅　瀲　灩　玷（儉韻同）

【三十陷】

陷　鑒　監（同鑒，又中書監）　汎　梵　懺　賺　蘸　嵌

## （五）入聲

【一屋】

屋　木　竹　目　服　福　祿　穀　熟　谷　肉　族　鹿　漉　腹　菊　陸　軸　逐　苜　蓿　牧　伏　宿（住宿）　夙　讀（讀書）　犢　瀆　牘　黷　轂　復　粥　肅　碌　驌　鸑　育　六　縮　哭　幅　斛　戮　僕　畜　蓄　叔　淑　菽　俶　倏　獨　卜　馥　沐　速　祝　麓　轆　恧　鏃

簇　蹙　築　穆　睦　禿　縠　覆（翻也）輻　瀑　曝（暴）
郁　舳　掬　踘　蹴　踢　茯　複　蝮　鴿　鵬　髑

【二沃】

沃　俗　玉　足　曲　粟　燭　屬　錄　辱　獄　綠
毒　局　欲　束　鵠　梏　告（音梏，忠告）蜀　促　觸
續　浴　酷　躅　褥　旭　慾　篤　督　牘　斸　瑱　蓐
淥　騄

【三覺】

覺（知覺）角　桷　榷　嶽（岳）樂（禮樂）捉　朔
數（頻數）卓　斮　啄（啅）琢　剝　駁（駮）雹　璞
樸　殼　確　濁　濯　擢　渥　幄　握　學　搉　涿

【四質】

質（性質）日　筆　出　室　實　疾　術　一　乙　壹
吉　秩　密　率　律　逸（佚）失　漆　栗　畢　恤（卹）
蜜　橘　溢　瑟　膝　匹　述　黜　蹕　弼　七　叱　卒
（終也）蝨　悉　戌　嫉　帥（動詞）蒺　姪　輊　躓　怵
潏　蟋　蟀　蓽　篥　宓　必　篳　秫　櫛　窸　颾

【五物】

物　佛　拂　屈　鬱　乞　掘（月韻同）訖　吃（口吃）
紱　黻　弗　髴　勿　迄　不　紼

【六月】

月　骨　髮　闕　越　謁　沒　伐　罰　卒（士卒）竭

窟 笏 鉞 歇 發 突 忽 襪 鶻（黠韻同） 厥 蹶 蕨 曰 闕 筏 喝 歿 橛 掘（物韻同） 榾 搰 蠍 勃 紇 齕（屑韻同） 孛 渤 揭（屑韻同） 碣（屑韻同）

【七曷】

曷 達 末 闊 活 鉢 脫 奪 褐 割 沫 拔（拔起） 葛 闥 渴 撥 豁 括 抹 遏 撻 跋 撮 潑 斡 秣 掇（屑韻同） 怛 妲 聒 栝 獺（黠韻同） 剌

【八黠】

黠 拔（拔擢） 鶻（月韻同） 八 察 殺 刹 軋 戛 瞎 獺（曷韻同） 刮 刷 滑 轄 鎩 猾 捋

【九屑】

屑 節 雪 絕 列 烈 結 穴 說 血 舌 潔 別 缺 裂 熱 決 鐵 滅 折 拙 切 悅 轍 訣 泄 洩 咽 噎 傑 徹 澈 哲 鼈 設 齧 劣 掣 玦 截 竊 孽 浙 孑 桔 頡 拮 擷 揭（月韻同） 纈 襭 齕（月韻同） 羯 碣（月韻同） 挈 抉 褻 薛 拽（曳） 爇 洌 臬 糵 瞥 撇 迭 跌 閱 輟 掇（曷韻同）

【十藥】

藥 薄 惡（善惡） 作 樂（哀樂） 落 閣 鶴 爵 弱 約 腳 雀 幕 洛 壑 索 郭 錯 躍 若 酌 托 削 鐸 鑿 卻 鵲 諾 萼 度（測度） 槖 漠 鑰

著（着） 虐 掠 穫 泊 搏 籥 鍔 藿 嚼 勺 謔 廓 綽 霍 鑊 莫 籊 縛 貉 濩 各 略 駱 寞 膜 鄂 博 昨 柝 拓

【十一陌】

陌 石 客 白 澤 伯 迹（跡） 宅 席 策 冊 碧 籍（典籍） 格 役 帛 戟 璧 驛 麥 額 柏 魄 積（積聚） 脈 夕 液 尺 隙 逆 畫（同劃） 百 闢 虢 赤 易（變易） 革 脊 獲 翮 屐 適 幘 戹（厄） 隔 益 窄 核 覈 舄 擲 責 坼 惜 癖 辟 僻 掖 腋 釋 譯 嶧 擇 摘 奕 帟 迫 疫 昔 赫 瘠 謫 亦 碩 貊 跖（蹠） 鶺 磧 踖 絡 隻 炙（動詞） 躑 斥 嚇 穸 晳 淅 鬲 骼 舶 珀

【十二錫】

錫 壁 歷 櫪 擊 績 笛 敵 滴 鏑 檄 激 寂 覿 析 溺 覓 狄 荻 冪 鷁 戚 慼 滌 的 喫 瀝 霹 靂 惕 剔 礫 翟 糴 倜

【十三職】

職 國 德 食（飲食） 蝕 色 力 翼 墨 極 息 直 得 北 黑 側 賊 飾 刻 則 塞（閉塞） 式 軾 域 殖 植 敕（勅） 飭 棘 惑 默 織 匿 億 臆 特 勒 劾 仄 昃 稷 識（知識） 逼（偪） 克 即 弋 拭 陟 測 翊 惻 洫 穡 鯽 鷘（鸂） 克 嶷 抑 或

【十四緝】

緝 輯 戢 立 集 邑 急 入 泣 濕 習 給
十 拾 襲 及 級 澀 粒 揖 楫（葉韻同） 汁 蟄
笠 執 隰 汲 吸 縶 葺 挹 浥 岌 裛 悒 熠

【十五合】

合 塔 答 納 榻 閤 雜 臘 蠟 匝 闔 蛤
衲 沓 榼 鴿 踏 颯 拉 遝 盍 塌 哑

【十六葉】

葉 帖 貼 牒 接 獵 妾 蝶 疊 篋 愜 涉
鬣 捷 頰 楫（檝，緝韻同） 攝 躡 協 俠 莢 魘
睫 浹 懾 慴 蹀 挾 鋏 靨 燮 讋 摺 裌 饁
踖 輒 婕 屧 聶 鑷 渫 諜 堞 氎

【十七洽】

洽 狹（陿） 峽 法 甲 業 鄴 匣 壓 鴨 乏
怯 劫 脅 插 鍤 歃 押 狎 袷 鄴 夾 恰 蛺
硤

# 附錄二　詞譜舉要

這是本書第五章第二節的附錄。目的在於補充一些詞譜，以便讀者參考。一詞有數體者，只錄常見的一體。舉例限於古代，特別是宋代以前的詞。有些詞譜在正文中已經引述過的可以參看，這裏不再重出。

**(1) 十六字令**　十六字　單調

平△。(仄)仄平平仄仄平△。平平仄，(仄)仄仄平平△。

**十六字令**

［宋］蔡伸

天。休使圓蟾照客眠。人何在？桂影自嬋娟。

**(2) 憶江南（望江南、江南好）**　廿七字　單調

（參看第頁一七〇至一七二）

**(3) 漁歌子（漁父）**　廿七字　單調

(仄)仄平平仄仄平△，(平)平(仄)仄仄平平△。平仄仄，仄平平△。(平)平(仄)仄仄平平△。

## 漁父

［五代蜀］李珣

避世垂綸不記年，官高爭得似君閒。傾白酒，對青山。笑指柴門待月還。

### (4) 搗練子　廿七字　單調

平仄仄，仄平平。㊀仄平平㊀仄平。㊀仄㊁平平仄仄，㊁平㊀仄仄平平。

## 搗練子

［南唐］李煜

深院靜，小庭空。斷續寒砧斷續風。無奈夜長人不寐，數聲和月到簾櫳。

### (5) 憶王孫　卅一字　單調

㊁平㊀仄仄平平，㊀仄平平㊀仄平。㊀仄平平㊀仄平。仄平平。㊀仄平平㊀仄平。

## 憶王孫

［宋］李重元

萋萋芳草憶王孫，柳外樓高空斷魂。杜宇聲聲不忍聞。欲黃昏，雨打梨花深閉門。

### (6) 調笑令　卅二字　單調

平仄，平仄（疊句），仄⃝仄⃝平⃝平平⃝仄。平⃝平⃝仄⃝仄平⃝平，仄⃝仄平⃝平仄平。平仄（顛倒前句末二字），平仄（疊句），仄⃝仄⃝平⃝平平⃝仄。

（共用三個韻，兩頭兩個仄韻，中間一個平韻）

### 調笑令

［唐］戴叔倫

邊草，邊草，邊草盡來兵老。山南山北雪晴，千里萬里月明。明月，明月，胡笳一聲愁絕。

### 調笑令

［唐］韋應物

胡馬，胡馬，遠放燕支山下。跑沙跑雪獨嘶，東望西望路迷。迷路，迷路，邊草無窮日暮。

### 調笑令

### 宮調

［唐］王建

團扇，團扇，美人病來遮面。玉顏憔悴三年，無復商量管絃。絃管，絃管，春草昭陽路斷。

（《調笑令》平仄與韻例都比較複雜，所以共舉三個例子）

**(7) 如夢令**　卅三字　單調

仄⃝仄仄⃝平平仄，仄⃝仄仄⃝平平仄。仄⃝仄仄平平，仄⃝仄仄⃝平平仄。平仄，平仄（疊句），仄⃝仄仄⃝平平仄。

## 如夢令

［宋］秦觀

遙夜月明如水，風緊驛亭深閉。夢破鼠窺燈，霜送曉寒侵被。無寐！無寐！門外馬嘶人起。

### (8) **長相思**　卅六字　雙調

‖ 仄仄⃝平△，仄仄⃝平△（疊後二字），仄⃝仄平平仄⃝仄平△。平⃝平仄⃝仄平△。‖

（前後闋全同。末句不能犯孤平。凡前後闋全同者加 ‖ 號為記，下仿此）

## 長相思

［唐］白居易

汴水流，泗水流，流到瓜洲古渡頭。吳山點點愁。　思悠悠，恨悠悠，恨到歸時方始休。月明人倚樓。

### (9) **生查子**　四十字　雙調

‖ 平⃝平仄⃝仄平，仄⃝仄平平仄△。仄⃝仄仄平平，仄⃝仄平平仄△。‖

（第一句不能犯孤平）

## 生查子

### 元夕

［宋］歐陽修（？）

去年元夜時，花市燈如晝。月上柳梢頭，人約黃昏後。　今年元夜時，月與燈依舊。不見去年人，淚濕春衫袖！

(10) **點絳唇**　四十一字　雙調

(仄)仄平平，(平)平(仄)仄平平仄。仄平平仄。(仄)仄平平仄。

(仄)仄平平，(仄)仄平平仄。平平仄。仄平平仄。(仄)仄平平仄。

## 點絳唇

［宋］李清照

蹴罷秋千，起來慵整纖纖手。露濃花瘦。薄汗輕衣透。　見客人來，襪剗金釵溜。和羞走。倚門回首。卻把青梅嗅。

(11) **浣溪沙**　四十二字　雙調

（參看頁一七二至一七四）

(12) **菩薩蠻**　四十四字　雙調

（參看頁一七四至一七五）

**(13) 訴衷情**　四十四字　雙調

㊥平㊀仄仄平平。㊀仄仄平平。㊥平仄仄平仄，㊀仄仄平平。　平仄仄，仄平平，仄平平。仄平平仄，㊀仄平平，仄仄平平。

**訴衷情**

［宋］陸游

當年萬里覓封侯，匹馬戍梁州。關河夢斷何處？塵暗舊貂裘！　胡未滅，鬢先秋，淚空流。此生誰料，心在天山，身老滄洲！

**(14) 采桑子（醜奴兒）**　四十四字　雙調

（參看頁一七五至一七七）

（注意：前後闋第二、三兩句不一定要疊句）

**(15) 卜算子**　四十四字　雙調

（參看頁一七七至一七八）

**(16) 減字木蘭花**　四十四字　雙調

（參看頁一七九至一八〇）

**(17) 憶秦娥**　四十六字　雙調

（參看頁一八〇至一八二）

### (18) **清平樂**　四十六字　雙調

（參看頁一八二至一八四）

### (19) **攤破浣溪沙**　四十八字　雙調

(仄)仄平平(仄)仄平△，(平)平(仄)仄仄平平△。(仄)仄(平)平平仄仄，仄平平△。　(仄)仄(平)平平仄仄，(平)平(仄)仄仄平平△。(仄)仄(平)平平仄仄，仄平平△。

（前後闋基本上相同，只是前闋首句平腳押韻，後闋首句仄腳不押韻。這是把四十二字的《浣溪沙》前後闋末句擴展成為兩句，所以叫《攤破浣溪沙》）

**攤破浣溪沙**

［南唐］李璟

菡萏香銷翠葉殘，西風愁起綠波間。還與韶光共憔悴，不堪看。　細雨夢回雞塞遠，小樓吹徹玉笙寒。多少淚珠何限恨！倚闌干。

（「還與韶光共憔悴」用的是拗句仄仄平平仄平仄，但一般都用仄仄平平平仄仄）

### (20) **桃源憶故人**　四十八字　雙調

‖ (平)平(仄)仄平平仄△，(仄)仄(仄)平平仄△。(仄)仄(仄)平平仄△，(仄)仄平平仄△。‖

## 桃源憶故人

## 題華山圖

［宋］陸游

中原當日三川震，關輔回頭煨燼。淚盡兩河征鎮，日望中興運。　　秋風霜滿青青鬢，老卻新豐英俊。雲外華山千仞，依舊無人問！

(21) **太常引（太清引）**　四十九字　雙調

㊥平㊈仄仄平平，㊈仄仄平平。㊈仄仄平平。㊈㊈仄、平平仄平。　　㊥平㊈仄，㊥平㊈仄，㊈仄仄平平。㊈仄仄平平。㊈㊈仄、平平仄平。

（前後闋基本上相同。前闋首句在後闋拆成兩句，並把平腳變為仄腳）

## 太常引

［宋］辛棄疾

一輪秋影轉金波，飛鏡又重磨。把酒問姮娥。被白髮、欺人奈何！　　乘風好去，長空萬里，直下看山河。斫去桂婆娑。人道是、清光更多。

（「被白髮」和「人道是」後面有小停頓）

(22) **西江月**　五十字　雙調

（參看頁一八四至一八五）

(23) **醉花陰**　五十二字　雙調

‖ ㊀仄㊉平平仄仄，㊀仄平平仄。㊀仄仄平平，㊀仄平平，㊀仄平平仄。‖

## 醉花陰

### 重九

［宋］李清照

薄霧濃雲愁永晝，瑞腦銷金獸。佳節又重陽，玉枕紗廚，半夜涼初透。　　東籬把酒黃昏後，有暗香盈袖。莫道不消魂，簾卷西風，人比黃花瘦。

（「有暗香盈袖」，句法上一下四；但也可以作上二下三，如前闋的「瑞腦銷金獸」）

**(24) 浪淘沙**　五十四字　雙調

（參看頁一八五至一八六）

**(25) 鷓鴣天**　五十五字　雙調

㊀仄平平㊀仄平，㊉平㊀仄仄平平。㊉平㊀仄平平仄，㊀仄平平㊀仄平。　　平仄仄，仄平平。㊉平㊀仄仄平平。㊉平㊀仄平平仄，㊀仄平平㊀仄平。

（這詞很像兩首七絕。前闋完全是七絕形式；後闋只是把首句拆成兩個三字句）

### 鷓鴣天

［宋］趙鼎

客路那知歲序移？忽驚春到小桃枝。天涯海角悲涼地，記得當年全盛時。　　花弄影，月流輝。水精宮殿五雲飛。分明一覺華胥夢，回首東風淚滿衣。

## (26) 鵲橋仙　五十六字　雙調

‖ (平)平(仄)仄，(平)平(仄)仄，(仄)仄(平)平(仄)仄△。(平)平(仄)仄仄平平，仄(仄)仄、平平(仄)仄△。‖

### 鵲橋仙

［宋］秦觀

纖雲弄巧，飛星傳恨，銀漢迢迢暗度。金風玉露一相逢，便勝卻、人間無數。　　柔情似水，佳期如夢，忍顧鵲橋歸路？兩情若是久長時，又豈在、朝朝暮暮？

（「便勝卻」和「又豈在」後面有小停頓）

## (27) 玉樓春　五十六字　雙調

‖ (平)平(仄)仄平平仄△，(仄)仄(平)平平仄仄△。(平)平(仄)仄仄平平，(仄)仄(平)平平仄仄△。‖

（這等於兩首不粘的仄韻七絕）

## 玉樓春

［宋］辛棄疾

三三兩兩誰家女？聽取鳴禽枝上語：提壺沽酒已多時，婆餅焦時須早去。　醉中忘卻來時路，借問行人家住處。只尋古廟那邊行，更過溪南烏柏樹。

### (28) 虞美人　五十六字　雙調

‖ (平)平(仄)仄平平仄△，(仄)仄平平仄△。(平)平(仄)仄仄平平△，(仄)仄(平)平(仄)仄仄平平△。‖

(共用四個韻。末句是上六下三或上二下七)

## 虞美人

［南唐］李煜

春花秋月何時了？往事知多少！小樓昨夜又東風，故國不堪回首月明中。　雕闌玉砌應猶在，只是朱顏改。問君能有幾多愁？恰似一江春水向東流！

### (29) 南鄉子　五十六字　雙調

‖ (仄)仄仄平平△，(仄)仄平平仄仄平△。(仄)仄(平)平平仄仄，平平△。(仄)仄平平仄仄平△。‖

## 南鄉子

［宋］辛棄疾

何處望神州？滿眼風光北固樓。千古興亡多少事？悠悠。不盡長江滾滾流。　年少萬兜鍪，坐斷東南戰未休。天下英雄誰敵手？曹劉！生子當如孫仲謀。

### (30) **踏莎行**　五十八字　雙調

‖ ㊀仄平平，㊥平㊀仄△，㊥平㊀仄平平仄△。㊥平㊀仄仄平平，㊥平㊀仄平平仄△。‖

## 踏莎行

［宋］姜夔

燕燕輕盈，鶯鶯嬌軟，分明又向華胥見。夜長爭得薄情知？春初早被相思染。　別後書辭，別時針線，離魂暗逐郎行遠。淮南皓月冷千山，冥冥歸去無人管。

### (31) **臨江仙**　六十字　雙調

‖ ㊀仄㊥平平仄仄，㊥平㊀仄平平△。㊥平㊀仄仄平平△。㊥平平仄仄，㊀仄仄平平△。‖

### 臨江仙

［宋］秦觀

千里瀟湘挼藍浦，蘭橈昔日曾經。月高風定露華清。微波澄不動，冷浸一天星。　獨倚危樓情悄悄，遙聞妃瑟泠泠。新聲含盡古今情。曲終人不見，江上數峰青。

（「千里瀟湘挼藍浦」用㊀仄平平仄平仄是拗句，但一般都用㊀仄㊉平平仄仄）

**(32) 蝶戀花（鵲踏枝）**　六十字　雙調

（參看頁一八七至一八八）

**(33) 破陣子**　六十二字　雙調

‖ ㊀仄㊉平㊀仄，㊉平㊀仄平平△。㊀仄㊉平平仄仄，㊀仄平平㊀仄平△。㊀平㊉仄平△ ‖

### 破陣子

### 為陳同甫賦壯詞以寄

［宋］辛棄疾

醉裏挑燈看劍，夢回吹角連營。八百里分麾下炙，五十弦翻塞外聲。沙場秋點兵。　馬作的盧飛快，弓如霹靂弦驚。了卻君王天下事，贏得生前身後名。可憐白髮生！

**(34) 漁家傲**　六十二字　雙調

（參看頁一八九至一九一）

**(35) 謝池春（賣花聲）**　六十六字　雙調

仄⃝仄平平，仄⃝仄仄⃝平平仄。仄平平，平平仄仄。平平平仄，仄平平平仄（上三下二）。仄平平、仄平平仄。　平平仄⃝仄，仄仄仄⃝平平仄。仄平平，平平仄仄。平平平仄，仄平平平仄（上三下二）。仄平平、仄平平仄。

（前後闋基本上相同，只有前闋首句與後闋首句稍異。此調平仄較嚴）

## 謝池春

［宋］陸游

壯歲從戎，曾是氣吞殘虜。陣雲高，狼煙夜舉。朱顏青鬢，擁雕戈西戍。笑儒冠、自來多誤。功名夢斷，卻泛扁舟吳楚。漫悲歌，傷懷弔古。煙波無際，望秦關何處？嘆流年、又成虛度。

（「笑儒冠」與「嘆流年」後面有小停頓）

**(36) 青玉案**　六十七字　雙調

平⃝平仄⃝仄平平仄，仄仄⃝仄平平仄（上三下三）。仄⃝仄平⃝平平仄仄。仄⃝平平仄，仄⃝平平仄，仄⃝仄平平仄。　平⃝平仄⃝仄平平仄，仄⃝仄平⃝平仄平仄。仄⃝仄平⃝平平仄仄。仄⃝平平仄，仄⃝平平仄，仄⃝仄平平仄。

## 青玉案

### 春暮

［宋］賀鑄

凌波不過橫塘路，但目送芳塵去。錦瑟年華誰與度？月樓花院，綺窗朱戶，惟有春知處。　　碧雲冉冉蘅皋暮，彩筆空題斷腸句。試問閒愁都幾許？一川煙草，滿城風絮，梅子黃時雨。

（「彩筆空題斷腸句」是拗句，宋人一般都用㊀仄平平仄平仄，不用㊀仄㊁平平仄仄）

**(37) 江城子**　七十字　雙調

‖ ㊁平㊀仄仄平平。仄平平，仄平平。㊀仄平平，仄仄仄平平。㊀仄㊁平平仄仄，平仄仄，仄平平。‖

（本是單調三十五字，宋人改為雙調）

## 江城子

### 密州出獵

［宋］蘇軾

老夫聊發少年狂，左牽黃，右擎蒼。錦帽貂裘，千騎卷平崗。為報傾城隨太守，親射虎，看孫郎。　　酒酣胸膽尚開張，鬢微霜，又何妨？持節雲中，何日遣馮唐？會挽雕弓如滿月，西北望，射天狼。

**(38) 滿江紅**　九十三字　雙調

（參看頁一九一至一九三）

**(39) 水調歌頭**　九十五字　雙調

（參看頁一九三至一九七）

**(40) 念奴嬌（百字令）**　一百字　雙調

（參看頁一九八至二〇一）

**(41) 桂枝香**　一百零一字　雙調

平平仄仄△。仄仄仄平⃝平（上一下四），仄⃝平⃝平仄△。仄⃝仄平平仄⃝仄，仄平平仄△。平⃝平仄⃝仄平平仄，仄平平、仄⃝平平仄△。仄平平仄，仄⃝平平⃝仄，仄平平仄△。　仄仄⃝仄平平仄仄△（上三下四）。仄仄⃝仄平平（上一下四），仄⃝平平仄△。仄⃝仄平平仄⃝仄，仄平平仄△。平⃝平仄⃝仄平平仄，仄平平、仄⃝平⃝平仄△。仄平平仄，仄⃝平平仄，仄平平仄△。

## 桂枝香
## 金陵懷古

［宋］王安石

登臨送目。正故國晚秋，天氣初肅。千里澄江似練，翠峰如簇。歸帆去棹殘陽裏，背西風、酒旗斜矗。彩舟雲淡，星河鷺起，畫圖難足。　念自昔豪華競逐。嘆門外樓頭，悲恨相續。千古憑高對此，謾嗟榮辱。六朝舊事隨流水，但寒煙、衰草凝綠。至今商女，時時猶唱，《後庭》遺曲。

（「背西風」和「但寒煙」後面有小停頓。）

### (42) 水龍吟　一百零二字　雙調

平⃝平仄⃝仄平平，平⃝平仄⃝仄平平仄△。平⃝平仄仄，平⃝平仄仄，仄⃝平平⃝仄△。仄⃝仄平平，平⃝平仄⃝仄，仄⃝平平⃝仄△。仄平⃝平仄⃝仄（上一下四），平⃝平仄⃝仄，平平仄，平平仄△。　仄⃝仄平平仄⃝仄△。仄平平、仄⃝平平仄△。平⃝平仄⃝仄，平⃝平仄⃝仄，平⃝平仄⃝仄△。仄⃝仄平平，平⃝平仄⃝仄△，平⃝平平仄△。仄平平、仄仄平平仄仄，仄平平仄△。

（後闋最後十三字也可以改成十二字，成為 :仄平平、仄仄平平仄，仄平平仄△。這樣，全詞共是一百零一字）

## 水龍吟

## 壽韓南澗

［宋］辛棄疾

渡江天馬南來，幾人真是經綸手？長安父老，新亭風景，可憐依舊。夷甫諸人，神州沉陸，幾曾回首。算平戎萬里，功名本是，真儒事，君知否？

沉有文章山斗。對桐陰、滿庭清晝。當年墮地，而今試看，風雲奔走。綠野風煙，平泉草木，東山歌酒。待他年、整頓乾坤事了，為先生壽。

（「對桐陰」、「待他年」後面有小停頓）

### (43) 石州慢　一百零二字　雙調

仄⃝仄平平，仄⃝平平仄（或平仄仄平），仄平平仄△。平平仄⃝仄平平，仄仄仄⃝平平仄△。仄⃝平平⃝仄，平⃝平⃝仄⃝仄平平，平平仄⃝仄平平仄△。仄仄仄平平，仄平平平仄△（上一下四或上三下二）。

平仄△。仄⃝平平仄，仄⃝仄平平，仄⃝平平仄△。仄⃝仄平平，仄仄仄⃝平平仄△。仄⃝平平⃝仄，平⃝平⃝仄⃝仄平平，平⃝平仄⃝仄平平仄△。仄仄仄平平，仄平平平仄△（上一下四或上三下二）。

（此調常用入聲韻）

## 石州慢

### 己酉秋，吳興舟中

［宋］張元幹

雨急雲飛，瞥然驚散，暮天涼月。誰家疏柳低迷，幾點流螢明滅。夜帆風駛，滿湖煙水蒼茫，菰蒲零亂秋聲咽。夢斷酒醒時，倚危檣清絕。　心折。長庚光怒，群盜縱橫，逆胡猖獗。欲挽天河，一洗中原膏血。兩宮何處？塞垣只隔長江，唾壺空擊悲歌缺。萬里想龍沙，泣孤臣吳越。

## (44) **雨霖鈴**　一百零三字　雙調

平平平仄△，仄平平仄、仄仄⃝平仄△。平平仄仄平仄，平平仄仄、平平平仄△。仄仄平平、仄仄仄平仄平仄△。仄仄仄、平仄平平，仄仄平平仄平仄△。　平平仄仄平平仄△。仄平平、仄仄平平仄△。平⃝平仄仄平仄，平仄仄，仄平平仄△。仄仄平平，仄仄平平仄仄平仄△。仄仄仄、仄⃝仄平平，仄仄平平仄△。

（此調多用拗句，而且常用入聲韻）

## 雨霖鈴

［宋］柳永

寒蟬淒切，對長亭晚、驟雨初歇。都門帳飲無緒，方留戀處、蘭舟催發。執手相看、淚眼竟無語凝噎。念去去、千里煙波，暮靄沉沉楚天闊。多情自古傷離別。更那堪、冷落清秋節。今宵酒醒何處，楊柳岸，曉風殘月。此去經年，應是良辰好景虛設。便縱有、千種風情，更與何人說？

### (45) 永遇樂　一百零四字　雙調

(仄)仄平平，(仄)平(平)仄，(平)(仄)平仄△。(仄)仄平平，(平)平(仄)仄，(仄)仄平平仄△。(平)平(平)仄，(平)平(平)仄，(仄)仄仄平平仄△。(仄)平(平)，平平(仄)仄，(仄)(平)仄(仄)平仄△。　(平)平(仄)仄，(平)平平仄，仄仄(平)平(仄)仄△。(仄)仄平平，(平)平(仄)仄，(仄)仄平平仄△。(平)平(仄)仄，(平)平(仄)仄，仄仄(平)平(仄)仄△。(平)平仄、平平仄仄，仄平仄仄△。

## 永遇樂

## 京口北固亭懷古

［宋］辛棄疾

千古江山，英雄無覓，孫仲謀處。舞榭歌台，風流總被，雨打風吹去。斜陽草樹，尋常巷陌，人道寄奴曾住。想當年，金戈鐵馬，氣吞萬里如虎。元嘉草草，封狼居胥，贏得倉皇北顧。四十三年，望中猶記，烽火揚州路。可堪回首，佛狸祠下，一片神鴉社鼓。憑誰問：廉頗老矣，尚能飯否？

### (46) 望海潮　一百零七字　雙調

(仄)平平仄，(仄)平平仄，(平)平(仄)仄平平△。平仄仄平，平平仄仄，(平)平(仄)仄平平△。(仄)仄仄平平△。仄(平)平仄仄（上一下四），(仄)仄平平△。(仄)仄平平，(平)平(仄)仄仄平平△。

平平仄仄平平△。仄(平)平(仄)仄（上一下四），(仄)仄平平△。平仄仄平，平平仄仄，(平)平(仄)仄平平△。(仄)仄仄平平△。仄(平)平仄仄（上一下四），(仄)仄平平△。(仄)仄平平，(平)平(仄)仄仄平平△。

（最後兩句可換成仄仄平平仄仄，(仄)仄仄平平△）

**望海潮**

**洛陽懷古**

［宋］秦觀

梅英疏淡，冰澌溶洩，東風暗換年華。金谷俊遊，銅駝巷陌，新晴細履平沙。長記誤隨車。正絮翻蝶舞，芳思交加。柳下桃蹊，亂分春色到人家。

西園夜飲鳴笳。有華燈礙月，飛蓋妨花。蘭苑未空，行人漸老，重來是事堪嗟。煙暝酒旗斜。但倚樓極目，時見棲鴉。無奈歸心，暗隨流水到天涯。

### (47) 沁園春　一百十四字　雙調

（參看頁二〇二至二〇五）

### (48) 賀新郎（金縷曲）　一百十六字　雙調

(仄)仄平平仄△。仄平平、(平)平仄仄，仄平平仄△。(仄)仄(平)平平(仄)仄，(仄)仄平平仄仄△。(仄)仄仄、平平平仄△。(仄)仄(平)平平(仄)仄，仄平平、(仄)仄平平仄△。平仄仄，仄平仄△。　(平)平(仄)仄平平仄△。仄平平、(平)平仄仄，仄平平仄△。(仄)仄(平)平平(仄)仄，(仄)仄平平(仄)仄△。(仄)仄仄、平平平仄△。(仄)仄(平)平平(仄)仄，仄平平、(仄)仄平平仄△。平仄仄，仄平仄△。

## 賀新郎

## 送陳真州子華

［宋］劉克莊

北望神州路。試平章、這場公事，怎生分付。記得太行山百萬，曾入宗爺駕馭。今把作、握蛇騎虎。君去京東豪傑喜，想投戈、下拜真吾父。談笑裏，定齊魯。　兩河蕭瑟惟狐兔。問當年、祖生去後，有人來否？多少新亭揮淚客，誰夢中原塊土？算事業、須由人做。應笑書生心膽怯，向車中、閉置如新婦。空目送，塞鴻去！

（「試平章」、「今把作」、「想投戈」、「問當年」、「算事業」、「向車中」後面都有小停頓）

### (49) 摸魚兒　一百十六字　雙調

仄平平、仄平平仄，(平)平平仄平仄△。(平)平(仄)仄平平仄，(仄)仄仄平平仄△。平仄仄△。(仄)仄仄、平平(仄)仄平平仄△。平平仄仄△。仄(仄)仄平平（上一下四），(平)平(仄)仄，(仄)仄仄平仄△。平平仄，(仄)仄平平仄仄△。(平)平平仄平仄△。平平(仄)仄平平仄，仄⃝仄仄平平仄△。平仄仄△。平仄仄、平平仄⃝仄平平仄△。平平仄仄△。仄仄⃝仄平平（上一下四），平⃝平仄⃝仄，仄⃝仄仄平仄△。

## 摸魚兒

［宋］辛棄疾

更能消、幾番風雨？匆匆春又歸去。惜春長怕花開早，何況落紅無數！春且住！見説道、天涯芳草無歸路。怨春不語。算只有殷勤，畫檐蛛網，盡日惹飛絮。　長門事，準擬佳期又誤。蛾眉曾有人妒。千金縱買相如賦，脈脈此情誰訴？君莫舞！君不見、玉環飛燕皆塵土。閒愁最苦。休去倚危欄，斜陽正在，煙柳斷腸處！

（「休去倚危欄」是上二下三，但一般都作上一下四，辛棄疾另有兩首也是上一下四）

### (50) 六州歌頭　一百四十三字　雙調

平平仄⃝仄，仄⃝仄仄平平△。平平⃝仄，平平仄，仄平平△。仄平平△。仄⃝仄平平仄，平⃝平仄，平平仄。平⃝仄⃝仄，平平⃝仄，仄平平△。仄⃝仄平⃝平，仄仄平平仄，仄⃝仄平平△。仄平⃝平仄⃝仄（上一下四），仄⃝仄仄平平△。仄⃝仄平平△。仄平平△。　仄平平仄（上一下三），平⃝平仄，平平⃝仄，仄平平△。平平⃝仄，平平仄，仄平平△。仄平平△。仄⃝仄平平仄，平⃝平⃝仄，仄平平△。平平⃝仄，平⃝平⃝仄，仄平平△。平仄平⃝平平⃝仄，平⃝平仄、仄⃝仄平平△。仄平⃝平仄⃝仄（上一下四），仄⃝仄仄平平△。仄⃝仄平平△。

## 六州歌頭

[ 宋 ] 張孝祥

長淮望斷，關塞莽然平。征塵暗，霜風勁，悄邊聲。黯銷凝。追想當年事，殆天數，非人力；洙泗上，絃歌地，亦膻腥。隔水氈鄉，落日牛羊下，區脫縱橫。看名王宵獵，騎火一川明。笳鼓悲鳴。遣人驚。　念腰間箭，匣中劍，空埃蠹，竟何成！時易失，心徒壯，歲將零。渺神京。干羽方懷遠，靜烽燧，且休兵。冠蓋使，紛馳騖，若為情？聞道中原遺老，常南望、翠葆霓旌。使行人到此，忠憤氣填膺。有淚如傾。

(「常南望」後面有小停頓)

責任編輯　張軒誦
書籍設計　陳朗思
排　　版　吳丹娜

書　　名　詩詞聲律啟蒙
著　　者　王　力
出　　版　三聯書店（香港）有限公司
　　　　　香港北角英皇道 499 號北角工業大廈 20 樓
香港發行　香港聯合書刊物流有限公司
　　　　　香港新界荃灣德士古道 220-248 號 16 樓
印　　刷　美雅印刷製本有限公司
　　　　　香港九龍觀塘榮業街 6 號 4 樓 A 室
版　　次　2022 年 11 月香港第一版第一次印刷
規　　格　大 32 開（132×210mm）312 面
國際書號　ISBN 978-962-04-5035-8
© 2022 三聯書店（香港）有限公司
Published & Printed in Hong Kong, China.

本書中文繁體字版由中華書局（北京）授權出版